吟颂科学人生

白书礼题

吟颂科学人生
——中关村诗社作品选

中关村诗社 编

中国教育出版传媒集团
高等教育出版社·北京

本书编委会

顾　问：严加安　余德浩
主　编：袁亚湘
副主编：赵　扬
编委会委员（以姓氏笔画为序）：
　　　　白　英　许木启　严加安
　　　　李　飞　余德浩　赵　扬
　　　　袁亚湘　颜基义

序

"天地者万物之逆旅,光阴者百代之过客。"岁月如梭,"中关村诗社"华年已过三十三载。由老革命干部和老一辈著名科学家创办,汇聚来自科学技术各领域近百名研究人员,包括"两弹一星"功勋奖章获得者彭桓武、"国家最高科学技术奖"获得者曾庆存等近二十位院士在内的中关村诗社,以共建社会主义精神文明为宗旨,探寻中华古典诗词创作手法,探讨新诗创作道路,探索科学与艺术相结合之意境,以诗咏情、以词言志,表达对理想的追求、对民族的深情、对科学的热爱、对生活的礼赞。

"兴酣落笔摇五岳,诗成笑傲凌沧洲。"三十三年来,诗社社员勤于笔耕,创作了题材丰富、体裁多样,或雄浑浩荡,或情致巧思的诗词。"人生百味迷甘苦,弱水三千尽一瓢。牛角两尖探宇宙,象牙一塔隐云霄"——写出了科学家追索自然奥秘、追求宇宙真理的情痴绸缪;

"富贵不淫贫不忧，平生居里皈依。沉浮科海总相随。人重品洁，学贵为钻迷"——道出了科学家"枥骥不忘千里志，病鸿终有赤霄心"的志向气节。《尚书·舜典》有云："诗言志，歌永言，声依永，律和声"，诗社诗友们工作之余、退休之后，知音聚首，吟哦切磋，以诗会友，陶冶性情，弹《南风》之雅操，发清商之妙曲，仰天之浩淼，俯地之博渊，谈科研、悟人生、抒心曲、诉衷肠，科学精神与人文情怀碰撞，逻辑思维与形象思维汇融，诗词作品颇具"冰肌自是生来瘦，那更分飞后"之气韵，尽得"芸芸众神赞，飘飘仙子舞"之风流。

"文章合为时而著，歌诗合为事而作。"《吟颂科学人生——中关村诗社作品选》收集了近四百首诗词，作品题材广泛、内容丰富，作者们饱含深情地抒发了对党和祖国的热爱、对科学研究的感悟、对人生历程的回顾、对山河大地的赞美、对亲人挚友的诚挚思恋、对幸福家庭的脉脉深情，真可谓隽永真情充盈，智慧光芒漾溢。本诗集的69位作者，其成长时代不同、生活境遇不同，作品的风格不同，水平也难免存在差异。一些作者兼具深厚的古典文学功底、灵动的诗意与高超的文字驾驭力，其诗作大笔如椽、波澜老成；一些作者虽缺少诗词格律的严格规训，诗文略显平淡青涩，但其作品流露的朴拙诚恳与矜持不苟，展露了"理工人"热爱祖国博大精深的传统文化，将目之所及、耳之所闻、身之所受、心之所感凝练成诗，涵咏成词，这种勤于学习、勇于创作的精神品质更令人由衷钦佩感动。透过这些诗句，读者朋友们会发现，我们的科学家不仅是自然奥秘的发现者、物质文明的创造者，而且还拥有丰富的精神世界、多彩的审美视角、深厚的文学修养、深沉的人文情怀。他们的诗词不仅在传递生活世界的善与美，还彰显出崇尚客观、尊崇规律、敬重生命的科学思维与实事求是的思想方法。

本诗词集的顺利出版，要感谢高等教育出版社对科学家群体的深情关切与大力支持，还要感谢编委会的各位诗友为诗词集的编辑作出的默默奉献。我还要特别感谢中国科学院前任院长白春礼院士为本书题写书名。希望通过这本诗词集的出版，激励新时代有为青年积极投身祖国科学技术事业、攀登自主创新科学高峰之雄心壮志，使我国科学技术事业"皎如玉树临风前""江山代有人才出"！

"新竹高于旧竹枝，全凭老干为扶持。明年再有新生者，十丈龙孙绕凤池！"生逢盛世，复兴使命，老骥弱冠，满怀赤心，志在千里，乾乾翼翼，奋发图强，无愧时代！

2022 年 6 月

目录

(按作者出生年月排序)

孙克定　1
　　八十自咏
　　毛主席百龄诞辰献诗四首
　　贺李元，为"李元小行星"命名作

蒋明谦　4
　　登安宁笔架山
　　感怀
　　黄花岗烈士墓
　　《同系线性规律》书成有感
　　八十感怀

肖　伦　6
　　重游成都望江楼，用陆游《沈园》韵
　　檀香山威基基海滩晨步思内二首
　　己卯春节
　　杜甫草堂

疏松桂　8
　　和许国志先生二首
　　八秩抒怀
　　纪念孔子诞辰 2545 周年
　　清明节怀先人
　　王星拱校长塑像赞
　　乙亥生日记回国四十周年

彭桓武　11
　　青玉案·去院图书馆路上
　　寻春颐和园
　　香山感怀

　　　　　步韵张之翔
　　　　　诉衷情·连雨得半日晴亟往植物园
　　　　　后庭宴·游香山

李　璠　14
　　　　　江南好
　　　　　吴门琴会赠别叶名珮琴家
　　　　　雁荡山纪游

过兴先　17
　　　　　黄山光明顶远眺
　　　　　丝瓜趣
　　　　　思母校浙江大学

曹　珍　19
　　　　　鹧鸪天·贺中关村诗社成立
　　　　　浪淘沙·游十渡
　　　　　西江月·北戴河休养

刘叔仪　21
　　　　　周总理逝世纪念
　　　　　临江仙·科教兴邦
　　　　　渔家傲·贺中关村诗社夏季诗会
　　　　　金缕曲·怀念母校乐山武汉大学

许国志　24
　　　　　寒宵对饮
　　　　　自嘲
　　　　　合家欢
　　　　　答友人陆子敬
　　　　　次韵疏松桂
　　　　　少年游，用王国维韵
　　　　　虞美人
　　　　　水龙吟·长征胜利六十周年纪念
　　　　　沁园春·一九九九年春节寄故人

念奴娇·庆祝香港七一回归

黄孝夔 29
赠沈君
乡思
春雪清晨
一九九六"七一"纪怀
庆港九回归

江爱良 32
寄成都友人
金陵感事
寄东儿
纪念周总理逝世二十周年
怀友人
浣溪沙·香港回归

郭 郛 35
读《山海经》
读史杂咏二首

李光亮 38
参草堂寺
晚情
读史

王绶琯 40
缅怀竺老
黄帝陵古柏
登金山岭长城戚继光点将台
人生
读许国志先生诗词集
过夔门
细雨信步
甲申中秋

寄刘东生先生
临江仙・书怀

刘后一 45

喜马拉雅行
七十感怀
和友人

李铁壁 49

登岳阳楼
碧牡丹・连营寨古今
采桑子・游颐和园
蝶恋花・嫦娥一号探月

任知恕 51

古稀书怀三首
七十有五复志于学戏作

王　术 53

相逢
安庆
南宁
三峡二首

唐稚松 55

京都岚山并寄日本友人
独鹤
庚午除夕
回湘感旧
题像
美国加州金门桥远怀
七十书怀
戊寅抗洪
八声甘州・访欧
鹊桥仙・柏林旅夜时戊寅初春

王美英 59

　　告别一九九八年
　　千秋岁
　　满江红·歌颂周总理
　　满庭芳·神州奥运2008年

胡亚东 62

　　咏荷
　　仙人球花，次韵廖伯石
　　石趣

何祚庥 64

　　自嘲
　　敬祝吉林大学吴式枢教授执教五十周年
　　赠梅派艺术新秀

曾肯成 66

　　秋篱护菊
　　葫芦诗
　　填写履历表
　　听圣桑《动物狂欢节》二首
　　老娘读史
　　建议授予唐守文同志博士学位

戴元本 69

　　无题
　　再赠沙丁
　　游黄山
　　重游昆明
　　戏改贯休诗赠何祚庥

丁夏畦 71

　　病中吟
　　悼王毓云三首

吴佳翼 73
  闻苏共解散苏联解体
  慧木准确相撞
  西江月·大暑后豪雨
  卜算子·关羽

汤拒非 75
  九七"七一"赠凌青
  自嘲
  访鲁迅故居

刘徐圣 77
  梦回故乡
  临江仙·平谷看桃花
  临江仙·秋日即景
  蝶恋花·回乡
  竹枝词三首

叶经纬 80
  静夜思
  科学新城
  夜塘观鱼
  蝶恋花·春日
  浪淘沙·秋风
  沁园春·国庆六十周年
  沁园春·科学城

王德孚 83
  吟红叶，次韵王维《相思》
  魂系大武汉
  满江红·一九九八年秋兴

齐进英 85
  采桑子·伊宁
  【越调】小桃红·重阳游八大处

张　谦 86
　　幽思曲
　　秋令抒怀
　　纪念抗战胜利七十周年
　　吟雪中香山红叶
　　京都迎雪迟
　　鹧鸪天·读纳兰词

颜达予 89
　　苍松探海
　　梅伴荷香
　　竹林闻笛
　　春游凤凰岭
　　旧友嬉游
　　如梦令·微观妙处
　　如梦令·繁花深处
　　【中吕】山坡羊·迎新曲

曾庆存 92
　　残冬瑞雪
　　冒雨登香山鬼见愁
　　绿竹赞
　　芭蕉赞
　　韶山毛主席铜像前肃立致敬
　　游岳阳楼过黄鹤楼
　　喜观我国气象卫星发射成功
　　参加第二次世界气候大会示同行
　　游黄山留赠北海宾馆
　　鸡鸣古驿城

宋文龙 96
　　盐源苹果
　　遨游遐想

  拉萨大昭寺
  过端午记
  卢沟桥
  一带一路高峰论坛，步韵李树先
  醉春风·公仆

布春城 99

  国庆抒怀二首
  陶然亭凭吊
  念奴娇·纪念毛主席诞辰
  水调歌头·庚寅中秋
  望海潮·央视春晚
  高阳台·重阳
  高阳台·过卢沟桥
   ——纪念抗日战争胜利七十周年

边信历 103

  咏菊
  咏兰花
  我爱绘画

王赫珍 105

  咏茉莉花
  读严加安先生《数斋随想》
  纪念长征胜利八十周年
  蝶恋花·贺天舟一号与天宫二号交会对接
  畅游圆明园
  悼霍金

颜基义 108

  纪念华罗庚先生诞辰百周年二首
  2016年随州世界华人炎帝故里寻根
  纪念长征胜利八十周年
  情寄党的十九大

　　　　　　与白鹭的对话
　　　　　　李佩先生，那最后的笑脸和招手

云宏年　114
　　　　　　寅虎清明
　　　　　　卜算子·感怀人生
　　　　　　西江月·北大学生生活感赋

郭日方　116
　　　　　　游黄山三首
　　　　　　金色池塘
　　　　　　生命，是一条又长又宽的河流
　　　　　　昙花心语
　　　　　　昨天，今天，明天

严加安　124
　　　　　　七十述怀
　　　　　　夕游西湖
　　　　　　春游扬州瘦西湖
　　　　　　游安徽天柱山
　　　　　　咏张大千
　　　　　　挽饶宗颐先生
　　　　　　青玉案·桑榆非晚
　　　　　　沁园春·新西兰南岛
　　　　　　沁园春·庆祝建党一百周年
　　　　　　一七令·梅

李邦河　130
　　　　　　游冰壶洞
　　　　　　贺陈省身教授八十大寿
　　　　　　赠孙老克定

孙竹清　132
　　　　　　浣溪沙·悼念杂交水稻之父袁隆平
　　　　　　浣溪沙·端午节悼屈原

水调歌头·毛主席诞辰拜谒纪念堂
　　　忆秦娥·壬寅清明
　　　六州歌头

郭传杰　135
　　　国庆再登观礼台有感
　　　委员十年感怀
　　　赠杨叔子先生
　　　化学自咏
　　　长相思·伫立郭永怀李佩碑前
　　　临江仙·秦伯益先生赠《美兮九州景》感怀

白彤霞　138
　　　立夏咏芍药
　　　咏蒹葭
　　　河传·绿柳紫丁香
　　　江城子·哭李佩先生
　　　满庭芳·同学聚会有感
　　　【北曲双调】殿前欢·送许国志先生
　　　【中吕】普天乐·中秋月光诗会
　　　【双调】水仙子·秋日登高抒怀
　　　我是中国人

李　飞　144
　　　穿越塔里木
　　　游芦笛岩
　　　春日小酌
　　　桃花岛
　　　长白温泉流觞
　　　初夏
　　　辛丑年货
　　　秋游香山
　　　唐多令·冬游三亚

	水调歌头·春到白洋淀
余德浩 148	
	沁园春·北京感怀
	重阳感怀
	水调歌头·圆我中华梦
	罗布泊
	永遇乐·信仰丰碑
	一剪梅·人生
	毕业五十周年大学同学聚会
	望海潮·七十周年国庆
	念奴娇·百年风雨
	沁园春·喜迎二十大
刘纪亮 154	
	同窗聚会
	朝中措·记中关村诗社植物园诗会
	鹧鸪天·永安河感怀
	赏老伴栽培蟹爪莲
	怀念父母
	华夏同仇抗疫情
	渔歌子·咏牵牛花
李文光 157	
	爱洒荆楚路——送别白衣天使
	南仁东之歌
	生日放歌——为中国科学院成立70周年而作
李树先 165	
	沁园春·牛年元宵网上同学会
	赵州桥
	戏题铜雀台
	春游赵地漫沉吟
	沁园春·新村雅聚

莺啼序·故园重访喟尤深
虞美人·海天红抹入眸鲜
迎春瑞雪惹乡思
喜迎党的二十大胜利召开
纪念延安文艺座谈会讲话八十周年

曹善雷 171
辞旧迎新
四季感怀
水调歌头·贺"天问"一号携"祝融"飞天

沈 颖 173
兰州重离子加速器冷却储存环竣工感怀
参加上海光源国家验收会有感
拜谒周恩来故居有感
登武当山
游甘肃崆峒山
再登崂山
拜谒李白故居
观摩中科院创新一号02星成功发射有感
访澳随感
游成都窄巷子宽巷子

许木启 179
早上好，中国
拥抱春天的美丽
蒲公英的风采
故乡的歌谣

万玉玲 193
心灵的拷问
问月

白 英 198
采桑子·今日重阳

    欣闻全国农村脱贫
    庆祝中国共产党百年华诞
    清平乐·五秩回首
    鹧鸪天·百年"五四"精神赞

王双力   200
    春潮
    丁香赞
    冬雪

赵　扬   205
    九江
    浪淘沙·示丹儿
    沁园春·中秋抒情
    采桑子·观火焰山
    采桑子·日月山
    临江仙·元宵节有感
    采桑子·贺建国七十周年
    我们与共和国一同成长
     ——为庆祝新中国成立七十周年而作

白春礼   213
    复北大许智宏校长信
    六万精兵竞率先
    与友相交15年记
    《风雨晴明》序一
    满江红·《风雨晴明》序二
    西江月·昆山觅山
    贺钱鑫李蕾新婚
    波密桃花
    远逝

岳爱国   220
    春

夏
秋
冬

宋燕琳　224
　　初秋赏月季
　　观雨听荷
　　无偿捐献祖父宋紫佩遗物
　　摊破浣溪沙·陶然观雨荷

罗雨笙　226
　　咏春
　　咏夏
　　咏梅
　　咏菊

郑培明　228
　　人月圆·咏嫦娥工程
　　满江红·科技抗疫
　　青玉案·元宵灯会
　　科学开创美好未来
　　结识"花伴侣"
　　椰树与大海

袁亚湘　236
　　卜算子·桂林
　　浪淘沙·自评估实验室
　　卜算子·香山科学会议
　　满江红·壮志未酬
　　破阵子·登高
　　浪淘沙·访歌德故居
　　感怀
　　陪女儿登妙峰山
　　庆祝建党百年

登西山

胡 非 241
一剪梅·乡恋
步曾庆存院士绿竹芭蕉赞韵奉和二首

林 平 243
中秋感怀
雨中郊行
科学计算
离别
登中山陵
点绛唇·郊外徒步
临江仙·登崂山巨峰
朝中措·登黄鹤楼
浪淘沙·《我和我的祖国》"相遇篇"观感

赵宇亮 247
蝶恋花·赠师友
沁园春·盛典春秋
科学欲作擎天柱
破阵子·牢穿防护衣

张映桥 251
在嘉兴南湖红船前的情思
在科学人的墓碑前二首
——向在科考路上长眠的科学人致敬!

跋 259
附录 261
中关村诗社(中科院诗词协会)简介

孙克定 6首

孙克定（1909—2007），江苏无锡人，早年投身革命，中国科学院紫金山天文台创始人之一，中国科学院数学与系统科学研究院研究员，中关村诗社首任社长。

八十自咏

1989年

八十忽临头，此生愧虚度。
少时未努力，小慧徒自误。
时代浪潮中，颠簸难齐步。
革命与科学，两俱少建树。
老来思效力，拾遗补缺处。
幸今未甚衰，尚可展平素。
联合众老年，四化欣共赴。
诗社聚群英，同心相扶助。
老境甘淡泊，乐此诗情富。

毛主席百龄诞辰献诗四首

1993年12月21日

一

荡寇驱顽整河山,经纶万机心力殚。
一门忠烈严教子,千古伟人难比肩。

二

反帝反霸功至伟,和平演变警危机。
不许封资兴妖雾,精神防线树红旗。

三

雄才大略世无伦,余事吟诗振国魂。
最爱征途马上句,意蕴深远莽昆仑。

四

忆昔领袖临紫台[1],开拓天学深关怀。
巨细靡遗蒙垂询,海岳气度亲炙来。

1　1953年毛泽东主席视察中国科学院紫金山天文台,作者担任接待。

贺李元[1]，为"李元小行星"命名作

1994年

我赏太白诗，天汉悬高名。
古人仅想象，今人乃实行。
李元小行星，伴以卞氏星[2]。
日友共举荐，同行实推诚。
实至名自归，为国增光荣。
结交半世纪，知君必有成。
孜孜五十载，科普业绩宏。
蜚声海内外，白头益求精。
前岁游美陆，攀登更上层。
共话抒怀抱，勉君骥足骋。
天学日开拓，普及任非轻。
中国富特色，协同老中青。
跨进新世纪，当好带头人。

---

[1] 李元（1925—2016），山西朔州人，北京天文馆创始人之一。1998年国际天文学联合会批准将6741号小行星命名为李元星。

[2] 卞氏星，国际天文学联合会批准将6742号小行星命名为卞德培星。

蒋明谦 5首

蒋明谦（1910—1995），四川蓬溪人，中国科学院院士，中国科学院化学研究所研究员。

登安宁笔架山

笔者在西南联大任教时于1938年与好友数人同登安宁温泉附近高峰笔架山，遥望北方国土沦陷，不胜悲愤，乃同运斗大石块，在山头垒成"还我河山"四个大字，并以诗赋之。

秋登岳麓冬涉湘，滇池草海辨青黄。
乐游未减河山恨，垒守山头矢不忘。

感怀

我非文士少诗才，鬓发如霜感旧怀。
春梦无痕鸿爪在，长留轨迹照从来。

黄花岗烈士墓

卅年重访烈士陵，夹道鲜花正清明。
古树森森苔色绿，园林寂寂鸟声轻。
仰望方冢思英勇，细认碑文识姓名。
来自五湖青少壮，忠于革命工农兵。

《同系线性规律》书成有感

书成勿再念拙工，所憾老来又匆匆。
自然规律本唯一，参量多歧属人工。
基团效应分支干，结构基础论异同。
辩证精微随处在，艰难认识过程中。

八十感怀

1990年10月

老来岁月去如飞，八十年间事依稀。
少小乱离多战火，中年蹉跎失先机。
贪多务得恒兀兀[1]，广种薄收常依依。
芳草夕阳无限好，临风犹闲恋余辉。

---

1 恒兀兀，出自韩愈《进学解》。

肖 伦 5首

肖伦（1911—2000），四川郫县人，中国科学院院士，中国原子能科学研究院研究员。

重游成都望江楼，用陆游《沈园》韵
1996年

江楼犹是旧楼台，楼是人非笛可哀。
秋波楼下伤心绿，萧郎低首悔重来。

檀香山威基基海滩晨步思内二首

一

思君犹似海生潮，夜夜滩头逐浪高。
晓月晨星威基基，为谁风露立中宵？

二

海潮明灭晓星残，南斗阑干北斗寒。
最是有情人不见，奈何肠断在香山？

己卯春节

春秋八七逐年华，恰似清波荡落花。
正是斜阳风景好，漫从天外缀流霞。

杜甫草堂

工部祠堂何处觅？百花潭北柳丝垂。
清风白月留天地，泣雨惊神有赋词。
恨别感时花鸟泪，忠君爱国蘖孤姿。
归来岁暮秋云淡，垂老苍茫自咏诗。

疏松桂 7首

疏松桂（1911—2000），安徽枞阳人，中国科学院自动化研究所研究员，中国自动化科学技术主要开拓者之一。

和许国志先生二首

1990年6月10日

一

今来古往学无迟，夕死朝闻尊圣师。
十六休耕学堂入，八旬驱瞌读唐诗。

二

有志竟成何谓难，文源瀚海永无干。
余生争取发余热，莫恋功名去摘冠。

八秩抒怀

1991年6月12日

虚度年华满八旬，回头往事似烟尘。

漂洋过海学科技,归国还乡报母亲。
四化神州腾沸鼎,五湖风景正清新。
余生有幸发余热,锦绣前程在后人。

纪念孔子诞辰2545周年

一代栖栖万世荣,大哉博学未成名。
周游列国谋匡政,退处家邦乐育英。
弟子三千师道盛,贤人七二学科成[1]。
从心欲假数年寿,学易期无大过生[2]。

清明节怀先人

夕阳迎素月,老景唤童心。
忆昔家贫困,萧疏破落村。
荷锄父晓出,腹痛倒荒尘。
母独耕租地,寒冬疾逝身。
壮年穷弃养,未诊病成因。
兄嫂勤家事,力支耕织门。

---

1 孔门四科:德行、言语、政事、文学。
2 子曰:假我数年,五十以学易,可以无大过矣。

长年无昼夜，吃尽苦中辛。
时值清明节，宵来俯首吟。
情知反哺义，心愧负亲恩。
此恨终难释，何堪头白人。

王星拱[1]校长塑像赞

神童[2]名噪皖江边，负笈英伦载誉旋。
燕楚立言谋救国，珞珈长校渴求贤。
涓涓心血滋宏业，树树桃花艳晓天。
一代完人[3]骑鹤去，高风亮节在人间。

乙亥生日记回国四十周年

藩篱突破喜还乡，大地回春昼夜忙。
四十年来如一日，八千里路偌乡霜。
心怀报国惭樗栎，志在培英翼栋梁。
年暮退休难退学，兴邦科教赖贤良。

---

1 王星拱（1888—1949），教育家、化学家、哲学家。
2 王星拱自幼聪颖过人，乡里传为"神童"。
3 一九四九年十月，王星拱逝于上海，陈毅市长挽誉为"一代完人"。

彭桓武 6首

彭桓武(1915—2007),湖北麻城人,生于吉林长春,中国科学院院士,爱尔兰科学院院士,中国科学院理论物理研究所研究员,"两弹一星"功勋奖章获得者。

青玉案·去院图书馆路上

团团片片云绵绽。静而穆,蓝空现。白絮东风轻拂面。路边浮雪,树旁惊眠,叶隙朝阳溅。

前天赏雨亭山畔。妙语佳文昨为伴。科技新书今往换。未随春老,不因年晚,赤子心如恋。

寻春颐和园

1989年3月27日

今岁春来早,黄花笑展风。
绿芽纹赭树,红蕾冠丹丛。

脂粉斑斑媚,珍珠粒粒工。
蜡梅心怒放,意会不言中。

香山感怀

依然翠色万千松,望眼高抬啸碧穹。
浪漫鲲鹏庄子梦,芬芳兰蕙屈原风。
荀卿解蔽求全面,太史专心欲贯通。
少壮古稀犹未达,遑将胜败论英雄。

步韵张之翔[1]

时空物质一方程,玄想孤思难又生。
民族危险依众力,中华跻进赖群英。
外交争取和平久,经济腾飞举世惊。
科学钻研多趣用,虚心求实不求名。

1　张之翔(1928—　),湖北黄梅人,物理学家。

诉衷情·连雨得半日晴亟往植物园
1993年7月19日

白云蓝海罩山环，勤盥现鲜颜。红花绿树辉映，天地静安闲。

情切切，意绵绵，草芊芊。挺胸明目，散步清心，换气延年。

后庭宴·游香山
记一九九四年十月四日与黄祖洽[1]、张蕴珍[2]同游香山

1994年10月10日

廿月师徒，多年战友，逢时顺势同行走。科研设计育人才，尖端理论摇龙首。

香山阔野闲游，拍照蕴珍高手。平均生日，在两天前后，祖洽古稀临，我将臻七九。

---

1 黄祖洽（1924—2014），湖南长沙人，中国科学院院士，理论物理与核物理学家。
2 张蕴珍（1925—　），中国科学院化学研究所，高级编辑，黄祖洽之妻。

李 璠 3首

李璠（1915—2008），湖北大悟人，中国科学院遗传研究所研究员。

江南好

家家流水小桥通，莲样船儿泛彩虹。
如此江南风景好，稻香一片绿云中。

吴门琴会赠别叶名珮[1]琴家

相见时难别绪绵，吴园雅聚桂花妍。
琴声唤醒千年梦，梅影香浮百世缘。
天上琼楼寒不胜，人间欢会乐超前。
夕阳莫作黄昏颂，一片冰心一味禅。

---

[1] 叶名珮（1929—2022），古琴家、国画家。

雁荡山纪游

奇山叠翠似琼楼,绝胜平湖雁荡游。
有瀑皆妍银浪溅,无峰不怪白云浮。
徐生[1]攀顶称霞客,谢老[2]登高赖屐俦。
彩笔如何寻旧壁,清溪惟见古今流。

---

1 徐生为徐霞客。
2 谢老为谢灵运。

过兴先 3首

过兴先（1915—2011），江苏无锡人，中国科学院地理科学与资源研究所研究员。

黄山光明顶远眺

1990年6月

远峰层叠几多重，苍黛青蓝天际融。
淡雾轻云来抚吻，诗情画意渺茫中。

丝瓜趣

秧苗日茂盛，蔓叶覆帘棚。
蜂密花香乱，荫浓凉意生。
得瓜虽所望，怡性实关情。
缱绻观窗外，境幽心可清。

思母校浙江大学

1992年1月

抗战烽火逼，节节数西迁，
一路弦歌起，师生创奇迹。
淡饭堪充饥，排难创条件，
执教多名师，简陋做实验。
勤学不觉苦，油灯伴夜读，
常有赛敏纳[1]，学更知不足。
潜心攻科研，各科传捷报，
学风这边好，东方一剑桥。
精神崇求是，办学遵民主，
奋起反侵略，爱国兴学运。
悲歌《松花江》，公演《夜光杯》，
击龙江清波，赏百鸟归林。
四载沐春风，终身受陶熏，
喜逢九五庆，思校犹思亲。

---

1 赛敏纳为英文seminar的音译，意为学术研讨会。

曹 珍 3首

曹珍（1917—2011），天津人，中国科学院数学与系统科学研究院高级会计师。

鹧鸪天·贺中关村诗社成立

1989年10月

瑟瑟金风秋意凉，银丝霜鬓聚一堂。切磋研讨图奋进，切磋交流友谊长。

吟旧句，创新章，发扬传统继优良。精神文明境界远，四化建设日月昌。

浪淘沙·游十渡

群岭绿油油，曲水环流。一桥一渡景清幽。缭绕云烟迷漫处，极目难收。

石叟洞中留，游者诚求。人生命运任装修。迷信宣扬为获利，世道堪忧。

西江月·北戴河休养

新月碧空斜挂,沙滩游者成行。海鸥飞舞发轻狂,云水相交天上。

风劲清凉如水,惊涛拍岸倾樯,几番风雨历沧桑,观尽人间骇浪。

刘叔仪 4首

刘叔仪（1918—2003），贵州毕节人，中国科学技术大学教授。

周总理逝世纪念

元八凄风再度来，神州万里素花皑。
巨星飞去重霄冷，泪染苍生大地哀。
虹彩横空几十载，香花怒放万山怀。
天公有义天公恼，已遣风雷除祸灾。

临江仙·科教兴邦

浩浩黄河东逝水，波心升起朝阳。大兴经济果辉煌。小康已在望，科教正兴邦。

滚滚长江东入海，百家诸子奔忙。而今科学返东方。诗词歌赋盛，三代满园芳。

渔家傲·贺中关村诗社夏季诗会

子见青山多妩媚，青山见子应如是。夏日炎炎流火未。诸子莅，鲁宾斯坦[1]有人继。

低唱晓风残月坠，大江东去音宏伟。曲曲阳春无尽意。奔流水，南山高处诗翁醉。

金缕曲·怀念母校乐山武汉大学[2]

五十三年矣，想当时、双舟曲岸，宜宾秋水。劫后名都终在望，结伴兢兢学子。入孔庙、尊师习理。四载辛辛灯火急，更茶亭沙岛书生悴。大考近，不成寐。

蒹葭飘白清秋丽。爱嘉州[3]、平林漠漠，江山罗绮。一曲阳关师友别，再聚谈何容易。绿云作，佳音忽至。快睹蓉城师友盛，见当年、季子[4]怀中玺。半世纪，绽新蕾。

---

1 鲁宾斯坦（1887—1982）是美籍波兰裔犹太人，著名钢琴演奏家。
2 抗日战争期间，武汉大学西迁四川乐山办学。
3 嘉州即嘉定府，乐山之古名。
4 季子即苏秦的字，以此喻武大老校友今皆为人杰。

许国志 10首

许国志(1919—2001),江苏扬州人,中国工程院院士,中国科学院数学与系统科学研究院研究员。

寒宵对饮

量小兴偏浓,宵寒对举盅。
桃花何处觅,人面一杯红。

自嘲

谁教爱吐缚身丝,一茧成时不自知。
啮断几番重又续,始知彻悟实难期。

合家欢

一家四口三橡屋,淡泊祥和乐自寻。
量浅喜同儿共盏,兴高何碍酒污襟。

间前几见新春柳，天外时传游子音。
雨后小窗灯下砚，诗成先为老妻吟。

答友人陆子敬

1991年9月得子敬书，其首句为"老至人间乐事稀"，未敢苟同，赋下律。

老至何曾乐事稀，从心所欲矩无违。
春螺碧透临风饮，秃笔无章信手挥。
扫径常思邀旧雨，凭栏偶爱对斜晖。
三杯两盏葡萄酒，不醉微醺浑欲飞。

次韵疏松桂

余识松桂于一九五五年秋归国舟中，相处逾兼旬。舟中成立克利夫兰号轮归国同学会，公推松桂为主席。

同舟归渡逾兼旬，喜拂征衫十载尘。
秋水怎如春水暖，新交争似故交亲。
藩篱难阻投林鸟，众望咸归君子人。
半日偷闲今唱和，白头相对两书生。

少年游，用王国维[1]韵

东斋如斗，西窗似画，帘卷夕阳斜。篆化残灰，毫濡余墨，聊自漫涂鸦。

人间得失休多算，原是减和加。何必伤春，无心吟恨，忧虑损年华。

虞美人

携筐朝买鱼和肉，小店家家熟。杯盘整顿一番新，坐满嘉宾捧出玉壶春。

宾朋散后人初静，帘透婵娟影。濡毫展纸漫寻思，老伴挑灯为我细抄诗。

水龙吟·长征胜利六十周年纪念

自从盘古开天，长征二万谁曾见？红军不怕，云遮雪岭，桥横铁链。缨缚鲲鹏，捷传甘陕，红旗风卷。甚三春播种，宣言万字，时令改，沧桑变。

1　王国维（1877—1927），浙江海宁人，中国近现代著名学者。

五纪韶光如箭。望东流、风帆千片。沉船侧畔，篷舟飞驶，三山去远。轻名重门，春光初透，啼莺飞燕。喜兴邦六计，尊科重教，看宏图展。

沁园春·一九九九年春节寄故人

元旦新春，佳节逢双，喜换年华。正廿年改革，风吹碧草；一朝开放，天艳红霞。九陌笙歌，六街华火，十里长安万树花。抬望眼，看小康初福，千万人家。

闲来策杖当车。夫妻伴，湖边细履沙。笑枕旁苏柳，案头李杜[1]；老年学步，新手涂鸦。无事穷忙，有朋常聚，煮酒烹鱼细品菜。身长健，更心宽意适，福也无涯。

念奴娇·庆祝香港七一回归

战开罂粟。看夷艨犯境，狄兵相继。破落王朝昏聩甚，束手仓惶无计。白璧生尘，明

---

[1] 苏柳即苏轼、柳宗元，李杜即李白、杜甫。

珠含泪，心痛金瓯碎。沓来纷至，百年多少魑魅。

忽报两制新章，发聋振聩，敌手穷其技。合浦珠还光照乘，真是篇开新史。喜待他年，月园沧海，甚碧波无际。狂歌声里，海欢天笑人醉。

黄孝夔 5首

黄孝夔（1920— ），湖南长沙人，先后在中国科学院办公厅等单位工作，1990年离休。

赠沈君

沈君，不惑之年，"文革"之季，不顾纷扰，自囿于一室之隅，临窗伏案，精攻计算机语言。余见而有感，赋以为赠。

山作屏风不畏尘，绿荫常映案头春。
多情应是前溪水，幽咽明澄鉴此身。

乡思

1990年8月

少小离乡老未归，童年萦梦记依稀。
云环衡岳观朝日，水泛桃江浴夕晖。
听雨几怜湘竹瘦，买鱼常盼洞庭肥。

亭称爱晚诗情在,翘首丰碑禹迹巍[1]。

春雪清晨

晚雪初收见晓晴,
林边漫步倍新清。
逢人莫问君行早,
已是书声共鸟声。

一九九六"七一"纪怀

地柱回旋七五轮,东洲矗立赤旗新。
兴邦伟业怀先范,跨纪宏图有继人。
鏖战百团何似昔,花开两院倍增春。
明年此日尤堪庆,亿众欢歌粤海滨。

---

[1] 禹王碑又名岣嵝碑,原在衡山云密峰。

庆港九回归

龙舒瑞气润南疆,五世闲愁应涤光。
为有神州红日照,迎来珠岛紫荆香。
鸾环凤舞民同庆,萧举曹随[1]国更强。
遥想老人轮椅到,云中挥手海天长。

---

[1] 萧举曹随,即借汉史"萧(何)规曹(参)随"之意。

江爱良 6首

江爱良（1921—2004），福建福州人，中国科学院地理科学与资源研究所研究员。

寄成都友人

1991年春

盛情邀请寄佳音，鸿雁飞来慰我心。
岷水暮云南郭宿，巴山夜雨北窗吟。
京华烽火惊天地，大海浮云看古今。
冷暖沉浮几十载，粗茶淡饭乐堪寻。

金陵感事

1992年9月22日

往事金陵去不回，秦淮河畔独徘徊。
书声大石桥边起，柳色台城梦里来。
血雨腥风矶燕子，愁云惨雾雨花台。
兴邦有道缘多难，国耻雪清夫复哀。

寄东儿

1993年4月12日

梦里云山华府城,艰辛历历忆征程。
春朝苦读文思进,秋夜低吟悟性生。
雁语难传游子意,月光可寄至亲情。
千言不尽思儿念,唯愿再聆儿语声。

纪念周总理逝世二十周年

大义高风何处寻?范公[1]忧乐见清森。
南征北战挫顽势,治国安邦传好音。
存异求同表诚意,鞠躬尽瘁献丹心。
未平动乱人先去,十里长安泪满襟。

怀友人

南窗昨夜纳薰风,遥思梅魔旭日东。
稚念常存诸友在,童心未灭意难空。
年年不察风光异,岁岁可闻音信通。

---

[1] 范公为北宋名臣范仲淹。

更喜湖山人长久,五洲共看月玲珑。

浣溪沙·香港回归

粤海为袍港是襟,刀兵逼割痛难禁。金瓯破碎任入侵。

帷幄运筹看睿智,明珠归复传佳音。神州十亿共欢心。

郭郛 3首

郭郛（1922—2018），江苏泰州姜堰区人，中国科学院动物研究所研究员。

读《山海经》

静坐南窗下，阅读《山海经》。
书中磊落物，物物皆异名。
四足拟兽类，何能以翼行？
两翅拟鸟类，何能有人身？
九头开明兽，八首天吴神。
三读不能解，彷徨真莫明。
幼小初识字，偷看家藏经。
人有三面孔，走兽兼飞禽。
心中生疑惑，古人古神灵。
青壮奔四方，生物学业勤。
专致近代事，不复忆前情。
老来写古史，阅读古今新。
《尔雅》尚可辨，拦路唯此经。
书中大动物，十九不识名。

惟此怪异物，久读不一伸。
间观社会学，澳美拜神灵；
各族崇先祖，圣物称图腾。
返观《山海经》，书中皆现成。
神奇怪异物，乃是众图腾。
古人崇猛兽，各族以为名。
帝江是熊祖，开明乃虎神。
跃踢两头马，联体缝合成。
中国图腾事，记成《山海经》。
今日初通识，来日望精深。
老年大快事，草此五古行。

读史杂咏二首

其一　项羽
朝辞吴市夕秦关，叱咤风雷指顾间。
名马美人春酿酒，沉舟破釜夜登山。
项庄剑舞鸿门暖，韩信兵围垓下寒。
寄语江东诸父老，中原未霸不身还。

其二　刘邦
托言蛇白欲成龙，天下英豪入彀中。
计吏卖浆俱上客，引车执戟拔为雄。

林间鸟尽良弓碎,田野狐藏走狗烹。
刘项何人作师表,千秋议论满江东。

李光亮　3首

李光亮（1922—2011），云南玉溪人，中国科学院化学研究所研究员。

参草堂寺
1989年11月

秋深草堂寺，稀疏见叶枝。
游人匆促去，老者独行迟。
战乱分离苦，安宁团聚贻。
萦怀家国事，更爱少陵诗。

晚情

暮霭过梢头，晚情如月钩。
已消青壮志，犹念国家忧。
黄卷伏霜鬓，青灯茹素馐。
非为声名诱，诗韵惑予求。

读史

前事不忘后事师，不参历史入缪知。
财多人富烧头脑，势大官高横念滋。
靖国英雄强壮胆，东亚共荣系虚词。
太平盛世莫酣睡，犹有床旁兽咧髭。

王绶琯 10首

王绶琯（1923—2021），福建福州人，中国科学院院士，国际欧亚科学院院士，中国科学院国家天文台研究员，中国现代天体物理学奠基者之一。

缅怀竺老[1]

竺可桢先生诞辰一百周年敬献

物候贯千载，禹迹穷八荒[2]。
科坛标铁汉，学宇沐春光。
海纳百川大，壁立千仞刚。
浩茫极仰望，一瓣荐心香。

---

[1] 竺可桢（1890—1974），浙江绍兴人，中国科学院院士、气象学家、地理学家、教育家。

[2] 禹迹，大禹治水足迹所及，借指全中国的疆域。八荒，指八方荒远之地。

黄帝陵古柏[1]

黄帝乘龙去未还，独留古柏在人间。
根通地脉河山壮，干托天章牛斗寒。
层甲裂铜铭风雨，清阴含秀护芝兰。
千秋手泽动思慕，皇祖威灵我欲攀。

登金山岭长城戚继光点将台

点将台高碧草鲜，朝来爽气下幽燕。
云开故垒纵横地，人立雄风浩荡天。
千古长城伤自毁，万金虚牝苦难填。
平倭戚帅威灵在，说与今朝众少年。

人生

人生百味迷甘苦，弱水三千尽一瓢。
牛角两尖探宇宙，象牙一塔隐云霄。
余温覆圃宜新秀，累岁穷经倦解嘲。
偶醉寻诗逢故我，相将一笑共扶摇。

---

[1] 黄帝陵在桥山，相传黄帝在此乘龙飞升。古柏传为黄帝手植。

读许国志先生诗词集

相知何必旧，结社在桑榆。
敏捷诗千首，抑场散万珠。
抒怀云织锦，见性月临湖。
冉冉迴金阙，依依下绿芜。

过夔门

夔门天下险，拔地屯风云。
日月行侧步，蛟龙出成群。
孙刘[1]空霸气，李杜有雄文。
千载一回望，箫剑两纷纭。

细雨信步

珠帘开细雨，信步趁微风。
径出深虚外，诗存薄醉中。
神游皆故土，心到即还童。
归路海棠暮，胭脂脉脉红。

1　孙刘为孙权和刘备。

甲申中秋
时年八十一岁

人生几度共中秋，等待戈多白了头。
酒入柔肠儿女泪，歌因旧梦云海浮。
桂魂香染吴刚斧，凤管音萦萧史楼。
醉里容光殊未老，会看银汉奋中流。

寄刘东生[1]先生

跬步宁辞陇阪长，夕晖浩荡映朝阳。
幸邻健翮栖嘉树，如坐清涟沐远香。
五纪神州添禹迹，百年科宇探尧章。
高原阿母倾箱箧，南极老人应寿昌。

临江仙·书怀

一个象牙圆顶汉，管中天我相窥。目成意会醉犹痴，星摇河汉近，心跃女牛[2]知。

---

1 刘东生（1917—2008），辽宁沈阳人，中国科学院院士，国家最高科学技术奖获得者，环境地质学家。
2 女牛系指"织女""牵牛"星名。

富贵不淫贫不怵,平生居里[1]皈依。沉浮科海总相随。人重品才品节,学贵安钻迷。

---

[1] 居里系指居里夫人。

刘后一 3首

刘后一（1924—1997），湖南湘潭人，中国科学院古脊椎与古人类研究所研究员，曾任《化石》杂志主编。

喜马拉雅行

喜马拉雅山，高耸云天外。
绿树脚下围，白雪头上盖。
冈峦似波涛，起伏多姿态。
屏障西南疆，了望大世界。
漫道五岳崇，相形乃如芥。

中华好儿女，意气多豪迈。
珠穆朗玛峰，登临一而再。
脚踏千层冰，腰缠百尺带。
狂飙何足惧，缺氧亦无碍。
振臂唱凯歌，风雪鸣天籁。

科学工作者，赶超不懈怠！
立志登高峰，哪怕路险隘。

经年苦探求,成绩颇不坏。
化石千四种,岩石万余块。
凭此识"庐山",上穷千万代。
四五亿年前,浪涛正澎湃。
南临冈瓦纳,西接地中海。
鹦鹉螺行迟,三叶虫游快。
海豆芽从容,海百合惊骇。

转瞬亿万年,面貌几更改。
沧海变桑田,桑田变沧海。
才见蕨类叶,近风正摇摆。
又见鲨鱼群,凌波行自在。
忽见菊石奇,复见鱼龙怪。
高山栎方生,云杉兴未艾。
多少一世雄,倏忽遭淘汰。
新陈又代谢,优胜劣终败。
一千万年前,南来一板块。
直插地壳深,高拱成山脉。
一年升一分,累累千万载,
八千八百米,遂成万峰帅。

俯视人世间,风云多变态。
方喜猿人兴,忽惊阶级逮。
霸主逞凶残,农权遭迫害。

人民齐奋起，打倒反动派。
大陆庆解放，开辟新时代。
东方旭日升，珠峰呈异彩。
红旗飘绝巅，长作群山率。

七十感怀

衡阳弹雨忆华年，南岳风云过眼烟。
五鼓闻鸡人恐后，三秋猎蟒我争先。
立功未献富民策，报国惟存科普篇。
生日蛋糕滋味好，欢声笑语乐无边。

和友人

博学力行少不羁，吟诗作赋费神思。
求真苦干同余子，振翅雏鹰有健儿。
深入工农从稼圃，精研马列沐光曦。
闲来奋笔明窗下，双鬓虽皤志未衰。

李铁壁 4首

李铁壁（1924—2012），河北河间人，中国科学院自然科学史研究所研究员。

登岳阳楼

岸芷汀兰送暗香，君山如渡向潇湘。
南瞻天目云初渺，西望昆仑日渐长。
二墓城边罗锦翠，一文屏上放金光。
登楼欲览乾坤大，楼上琼霄矮玉皇。

碧牡丹·连营寨[1]古今
庚申春日

曲径盘岩上，古寨无踪线。送目山巅，璀璨明珠忽现。谷底群芳，犹竞香争艳，雾灵初

---

1 连营寨位于河北省兴隆县东燕山深处。相传为民间反清英雄窦尔敦的营地之一。北京天文台恒星观测站建在此处。

闻新雁。

思何限。窦氏尝聚义，铮铮抗清铁汉。滴滴连环水，几为程公断[1]，驻足巡天，时万千春色，堆来观测庭院。

采桑子·游颐和园

和风舞动桥边柳，拂面依依。袅娜多姿，垂钓春光万缕丝。

山前总是留春处，曲径芳菲。金碧交辉，画舫明湖映翠微。

蝶恋花·嫦娥一号探月

长征三号神火箭，欲向蟾宫，玉宇琼楼漫。美妙歌声传送远，环球绕罢冲霄汉。

孤寂嫦娥千载叹，不见夫君，乡众托鸿雁。闻道亲人将访看，喜中泪满桃花面。

---

[1] 北京天文台创建人程茂兰等为选定站址，踏遍太行、燕山，行程两万余里。

任知恕 4首

任知恕（1924—2021），河南巩义人，高级工程师，中国科学院教育局原局长。

古稀书怀三首

一

百年已过十之七，未敢偷闲纵退离。
无事自忙人笑我，斜阳晖映胜晨曦。

二

百年还剩十之三，伏枥不叹行路艰。
充栋藏书期尽读，名山多少待登攀。

三

从今所欲可从心，堪恨难逃世俗情。
"命运"[1]叩门欣可应，"田园"[2]留待静修行。

---

1 "命运"指贝多芬第五交响曲，作者说其第一乐章首句是命运的敲门声。
2 "田园"指贝多芬第六交响曲。

七十有五复志于学戏作

减去一甲子，吾年方十五[1]。
有志学电脑，点击不觉苦。
生平何所好？远游与读书。
网上能兼得，借助猫与鼠。
我亦爱自然，科学及艺术。
研习文史哲，厚今不薄古。
体健心尚孩，冲浪遍五湖。
不知老将至，含笑看屏幕。

---

1 杜甫句"忆年十五心尚孩"。

王　术　5首

王术（1925—1997），湖北黄陂人，中国科学技术大学教授。

相逢

两岸春风醉故乡，亲翁原本是同窗。
席间一曲扬州调，唤转华年韵味长。

安庆

寻章采句问诗仙，教我背囊走岸边。
久坐高楼霉气重，乍临沧海浪花鲜。
振风塔顶观双燕，展翅云端上九天。
流水作经霞作纬，诗行织出"大江篇"。

南宁

邕江横跨大宽桥,脚下千帆碧水飘。
两岸街衢迎顾客,四时花木掩芭蕉。
边关红雨传佳讯,南国春风绿柳梢。
星夜快车飞梦旅,天安门隔一河遥。

三峡二首

其一 川江雾

川江雨雾两难明,虚幻迷离隐客轮。
白水流成千丈练,青峰镀上几层银。
从来世界云中走,幸有航标浪里巡。
神女妆残思变革,一声笛啸万山氤。

其二 葛洲坝

击浪西江第一回,川旋山转费疑猜。
欣闻风钻临岩吼,喜看云舟逆水来。
投掷神鞭流立断,铺陈秀色锦新裁。
巨轮托进天街里,闸瓣心花共放开。

唐稚松 10首

唐稚松（1925—2008），湖南长沙人，中国科学院院士，中国计算机科学和软件工程研究开拓者之一，中国科学院软件研究所研究员。

京都岚山并寄日本友人

暮云凝碧镜中流，雨外斜阳一角楼。
醉眼纵能忘客意，瀛洲终不是神州。

独鹤

独鹤尘天影若无，高飞犹怯羽毛污。
荆王璞冷瑜难识，越女歌新调易孤。
一念累身磨铁砚，几人知己乐风雩。
如何了却鸱夷愿，事竟藏身寄五湖。

庚午除夕

佳节年年闭户过,烛花灯影听新歌。
时清渐觉诗情减,人老难禁眷念多。
已逝韶华余幻梦,迟来春讯易蹉跎。
孤飞莫道云天阔,上怯高寒下纲罗。

回湘感旧

四十三年几度还,每归城我两更颜。
潇湘梦绕云边水,岳麓情牵雨后山。
亲故渐如秋叶减,劳生难许客心闲。
南街又到谁相识,旧巷唯余月一弯。

题像

卅载京华闹市居,楼高心远暮天舒。
偶弹琴上无弦调,好读人间未著书。
一技何长支理哲,三生有幸马兵车。
任它门外新潮涌,不逐时流不羡鱼。

美国加州金门桥远怀

海宇空蒙四野秋,夕阳天外望神州。
东来诸葛无留意,西访玄奘亦壮游。
蚕为献丝甘自缚,蛾因恋火以身投。
登临渐入高寒境,眼底乾坤自在浮。

七十书怀

坎坷蹒跚一念坚,何期生见梦能圆。
从心不逾怀如水,自古云稀意在天。
忧乐情同十二亿,诗文魂系五千年。
斜阳岂到西山尽,光热应随大化传。

戊寅抗洪

常道真金百炼成,艰危如此太心惊。
万家生死英雄气,千里江湖血肉城。
惟忘我时安大我,极无情处见深情。
茫茫夜泽戎装子,独抱衰翁泳待明。

八声甘州·访欧

丁丑春偕恩健访法德瑞比等国,深儿亦赴欧同游。达格斯托会后赠别西欧诸友。

十九年怀梦访西欧,萍迹未曾休。纵洛村春去,卢浮人散,余味心头。犹记古原钟渺,天地意悠悠。往事无寻处,逝水难留。

此夕白云天外,正昏灯忆旧,薄醉登楼。问滔滔学海,谁与话沉浮。叹今生、行人老矣,莫轻谈、万里计重游。怎忘得、山中别夜,残月如钩。

鹊桥仙·柏林旅夜时戊寅初春

小窗灯暗,长街雨歇,深巷寂无人语。迢迢春水独鸿飞,旧侣在、云天何处?

艰辛谁识?衰颜谁问?欲诉孤清谁与?人生老去竟何如?那日不、天涯独住。

王美英 4首

王美英（1926— ），天津人，中国科学技术大学教授。

告别一九九八年

滚滚长江恶浪高，黄河之水亦嚣嚣。
嫩江倾向油田境，海角天涯温室焦。
上下同心天可斗，中华儿女镇洪妖。
献生烈士天宫去，笑睹人间火树娇。

千秋岁

燕园春早，美雨欧风绕。腥风卷，倭猕到。八年生死战，富士山崩倒！人间换，东风划地神州晓。

冰破杭州夜，上海宣公报。沧桑后，春意闹。一枝红杏出，文海星光耀！跨世纪，燕花万朵阳春皎。

满江红·歌颂周总理

鹏翼横空，六十载、风云急骤。谈笑处，虹光闪闪，凯歌频奏。当日西安重庆杰，莫都一拂千钧袖。昔万隆、五树插根深，今犹茂。

爱民切，民爱厚。德如海，智出岫。一生晶清里，心随北斗。燃遍红霄星殒也，天哀地恸悲风吼！归去时、马列笑开门，天宫久。

满庭芳·神州奥运2008年

万古神州，千秋华夏，环球一炬天骄。九龙腾舞，迎四海新苗。紫禁长城内外，清歌起，奥运今朝。东风里，群英重聚，五彩映云霄。

情豪，场上赛，春秋冷暖，汗迹滔滔。逐目近征期，箭满弦梢。扬我中华锐气，创佳绩，义勇旗高。归来处，关山齐贺，把酒论风骚。

胡亚东 3首

胡亚东（1927—2018），北京人，中国科学院化学研究所原所长、研究员。

咏荷

夏日拍摄荷花数百帧，始悟荷之美。

绿海藏红波，风雨无奈何。
花落莲犹在，污泥不染荷。

仙人球花，次韵廖伯石[1]

1991年12月

球美刺秀花不香，苦心搜寻自彼洋。
十载闲情无大志，忽悟真谛来他乡。

1　廖伯石，中国科学技术大学教授，物理学家。

石趣

阜外桥畔密林城,铺地奇石叫卖声。
玲珑剔透多光彩,散尽余热情趣生。

何祚庥 3首

何祚庥（1927— ），上海人，中国科学院院士，中国科学院理论物理研究所研究员。

自嘲

冥然一顽石，不才去"画虫"，
毁誉任评说，管它东西中。

敬祝吉林大学吴式枢[1]教授执教五十周年

1994年8月1日

饮茶京郊未能忘，切磋琢磨话短长。
五十年来磨一剑，满园桃李飘芬芳。

---

[1] 吴式枢（1923—2009），江西宜黄人，物理学家。

赠梅派艺术新秀

岭上红梅分外娇,欲与天公试比高。
愿君化做一滴水,终归大海作波涛。

曾肯成 7首

曾肯成（1927—2004），湖南涟源人，中国科学技术大学研究生院教授。

秋篱护菊

小圃春回冒雨栽，蕊寒香冷带霜开。
任君竟日流连看，莫趁无人闯进来。

葫芦诗

篱畔长悬非待沽，因何笑我丑葫芦？
葫芦自有葫芦趣，君未识来信也无。

填写履历表

曾惊神矢暗中沉，未泯天然赤子心。
往事无端难顿悟，几番落笔又哦吟。

听圣桑《动物狂欢节》二首
(中华通韵)

其一　深山杜鹃
繁华事已逐香尘，犹向深山道晚晴。
望帝春心终不改，一声一应总关情。

其二　天鹅
悠然江上似闲云，独逐清涟犹自吟。
旧地飞来寻旧梦，琴心秋水不沾尘。

老娘读史

吴下阿蒙面目新，难将旧眼看卿卿。
几番索架群书栗，一语腾空举座惊。
裴度趋朝恭武后，关公走马战秦琼。
老娘博古为帮用，读史何须情至精。

建议授予唐守文同志博士学位

岁月蹉跎百事荒，重闻旧曲著文章。
昔时曾折蟾宫桂，今日复穿百步杨。

谁道数奇屈李广,莫随迟暮老冯唐[1]。
禹门纵使高千尺,放过蛟龙也不妨。

---

[1] 王勃言:"冯唐易老,李广难封。"

戴元本 5首

戴元本（1928—2020），湖南常德人，中国科学院院士，中国科学院理论物理研究所研究员。

无题

烟雨江南忆旧时，十年渐老不寻诗。
春风词句都忘却，遥剪红梅寄一枝。

再赠沙丁[1]

大树青青复九围，长条犹自系芳菲。
桓公何自添秋思，又是春风伴絮飞。

---

[1] 沙丁是物理学家、中国科学院院士冼鼎昌（1935—2014）的外号。

游黄山

郭老[1]登临处，黄山访旧踪。
奇松排地力，异石竭天工。
雨过千峰秀，泉来百丈雄。
岫云依足下，前路有无中。

重游昆明

几回梦里到南州，五十年来忆旧游。
路过青云寻故宅，堤环绿水望新洲。
凭空崖下烟波邈，拔浪楼头丽景收。
去户栽成花正好，美人熟睡不知愁。

戏改贯休[2]诗赠何祚庥

誉逼身来不自由，文章报告势难休。
满堂高论惊千客，一笔风飘过六州。
破帽蓝衣游越秀，黄花碧树贺风流。
兴来更上临仙阁，大圣如今到此游。

---

1 郭老，指著名学者郭沫若（1892—1978）。
2 贯休（832—912），唐末五代时期前蜀画僧、诗僧。

丁夏畦 4首

丁夏畦（1928—2015），湖南益阳人，中国科学院院士，中国科学院数学与系统科学研究院研究员。

病中吟
（中华通韵）

城西卧病叹今生，往事如烟道不清。
但剩平安心一片，遥看天际数峰青。

悼王毓云[1] 三首

一

知己平生得一君，盘桓小饮对谈勤。
诗书指点汉唐作，风物衡量中外闻。
探究精微言数理，感怀湖楚话湘军。

---

[1] 王毓云（1928—1996），湖南长沙人，系统科学与数理经济学家。

子期一去琴台冷,从此何人共论文。

二

独坐悲君悲不休,韶华易逝白添头。
未酬壮志身先死,顿使亲朋泪泗流。
世事坎坷无定理,人间忧患有新愁!
迟迟长夜难成寐,悔恨君行我远游。

三

昔日笑谈天下事,今朝岂料隔幽明。
南闻消息肝肠断,北望关河感叹深。
步远骑车夸体魄,登高摄影显雄心。
樽前一聚成终诀,生死茫茫无处寻。

吴佳翼 4首

吴佳翼(1928—2004),河南固始人,国家地震局地球物理研究所副研究员。

闻苏共解散苏联解体
1989年

长空飞白雪,大地落红旗。
世事沧桑变,人间道路歧。
寒梅怜冻草,虎豹逐熊罴。
烈士深遗恨,东民志未移。

慧木准确相撞

历代兴亡歧路多,百年妙算有谁何?
星空飞渡无牵碍,慧木相逢未闪挪。

西江月·大暑后豪雨

昨暮群蝉狂噪，今晨独雀低鸣。深宵骤雨洗残英，垂柳游丝方盛。

不惧连旬酷热，迎来气爽云清。新歌妙舞庆升平，点缀人间点景。

卜算子·关羽

霜月偃青龙，赤兔为神马。忠义千秋世代尊，岂是庸庸者。

刚愎自骄矜，失势如敲瓦。蜀汉方兴盛转衰，起始由公也。

汤拒非 3首

汤拒非（1930—1999），湖南零陵人，中国科学技术大学研究生院教授。

九七"七一"赠凌青

香港回归前夕，凌青[1]同志率全家入祠堂拜告林文忠公，感人至深。

林门七代守遗忠，长跪祠堂告乃翁。
今日沉浮终归主，精兵已入御营中。

自嘲

华钟向我索诗篇，愧对三年旧诺言。
不是诗魂流异国，难教胡语动心弦。

---

[1] 凌青（1923—2010），原名林墨卿，林则徐的五世孙，外交家。

访鲁迅故居

傲骨嶙峋何处寻？先生旧宅古城门。
难逃神矢心如在，梦坠空云齿尚存。
夜月秋高庭枣落，斜阳圃冷晚风生。
百年怅望园门静，一树丁香满地阴。

刘徐圣 7首

刘徐圣（1930— ），黑龙江哈尔滨人，中国科学院地理科学与资源研究所离休干部。

梦回故乡

冬夜漫长梦返家，百年木屋已倾斜。
有情最是塘中月，犹为离人映彩霞。

临江仙·平谷看桃花

2014年5月

千里桃花争竞放，引来春意浓浓。桃花依旧笑春风。游人摄影，人与桃花红。

诗友钟情唐宋句，律诗绝句无穷。新诗独树一青松。看花一日，席散月如弓。

临江仙·秋日即景

十月京华飘丹桂,东篱秋菊芳香。媪翁并坐暖斜阳。心坚真本色,风骨傲冰霜。

耄耋老人心不改,东窗月读诗章。天空归雁组成行。神州甚广袤,处处有春光。

蝶恋花·回乡

信小西流垂柳少。拆去浮桥,建起通乡道。两座名山城外绕,风光无限萋萋草。

瑞雪纷飞年景好。同学村邻,常忆儿时小。独上西楼心莫恼,淡忘自我人已老。

竹枝词三首

一

昆明湖平水又清,心萦梦绕隔重城。
芙蓉已衰残香在,留得枯荷听雪声。

二

莽莽中州史悠长,洞庭盛名天下扬。

嵩山君山遥相望,可从岳阳到洛阳。

三
岁月轮回马齿增,酸甜苦辣并步行。
事因知足心尚淡,一蓑烟雨任平生。

叶经纬　7首

叶经纬（1930— ），湖北黄石人，中国科学院工程热物理研究所研究员。

静夜思
（中华通韵）

夜色深沉灯照壁，影形相吊老翁吟。
孤星血泪声声泣，望月情思梦里人。

科学新城

五十年来步履匆，今朝腾达地球中。
玉泉西望青山秀，旭日东升霞彩红。
科学新城立天际，非凡岁月照苍穹。
群星闪烁星光灿，学子莘莘创伟功。

夜塘观鱼

池塘夜幕水晶葩，漫舞轻扬柔曼纱。
款款蜻蜓几缕影，翩翩蝴蝶数栖桠。
歌声夜半云追月，妙曲渔光唤女丫。
景物醉人谁最乐？游鱼戏水浪翻花。

蝶恋花·春日

春日融融天气傲，芳草如茵，朵朵花枝俏。春意盎然峦嶂抱，宜人三月晴空昊。

杨柳腰琼枝玉窈，婀娜多姿，无限春光好。蝶舞花间留一笑，嫣红姹紫流莺闹。

浪淘沙·秋风

溪涧水潺潺，红叶漫山。朔云伴雁共飞迁。娇艳百花纷脱落，叶败枝残。

松柏复年年，葱翠依然。秋霜冬雪视等闲。傲骨英姿风里立，吟啸交欢。

沁园春·国庆六十周年

广袤神州,九曲黄河,万里长江。五十六民族,自强不息,天高云淡,遍野牛羊。绿水青山,金涛麦浪,燕舞莺歌国富强。抬望眼,尽千红万紫,一片辉煌。

科学谱写新章,动地撼天,高楼万幢。截巫山云雨,平湖高峡,神舟七号,星际翱翔。引领风骚,奥林匹克,火炬熊熊耀穹苍,丰碑立,创中华盛世,伟业昭彰。

沁园春·科学城

硅谷新城,霞蔚云蒸,异彩焕彰。喜英才济济,龙腾虎跃,星光璀璨,四射光芒。万卉菁荣,百花怒放,一派生机事业昌。华宫里,尽天工巧夺,惊世华章。

群英智慧灵光,新知识、创精品大量。看长空鹤舞,向天欢唱,金光热电,灯火辉煌。节能减排,双雕一箭,绿色工程靓一方。鸿图展,此高新科技,绝妙无双。

王德孚 3首

王德孚（1930—2016），湖北崇阳人，中国科学院地质与地球物理研究所研究员。

吟红叶，次韵王维《相思》

霜降出红叶，香山满树枝。
风来飘落去，游客拾相思。

魂系大武汉

诞生胜地蛇山下，风雨春华几十秋。
三镇萦怀青少日，一桥飞架大江流。
烟笼灿烂归元寺，气礴古今黄鹤楼。
皓首催人思故旧，徜徉武汉梦酣游。

满江红·一九九八年秋兴

云淡天高,英雄会、适逢佳节。总书记、表彰先进,深情总结。气壮山河风景丽,胸怀国运神州崛。党政军、众志筑长城,民欢悦。

科技旺,人才杰。江山治,天灾灭。痛森林破坏,洪魔惩罚。军警战赢南北水,英模邀赏中秋月。教训深,必熟虑防洪,期殷切。

齐进英 2首

齐进英（1931— ），河北顺平人，中国科学院地质与地球物理研究所研究员。

采桑子·伊宁

伊宁景色新疆异，巨树参天。溪水潺潺。林密山岗堪比栏。

绿洲但愿长时在，沙掩人寰。警世楼兰。当代和谐共自然。

【越调】小桃红·重阳游八大处

登山小道柏荫香。六处停足望，舍利青烟塔腾上。远坡黄，缆车往返空中荡。石印谷莽，待修开放，蕴蓄辉煌。

张　谦 6首

张谦（1934—2015），河北昌黎人，别名张许槐，河北滦县中学高级教师。

幽思曲
（中华通韵）

独坐丛林里，繁花犹笼烟。
海棠飘雪瓣，榆树缀青钱。
昂首望春野，低眉念故园。
幽思萦盛世，浩气荡山川。

秋令抒怀
（中华通韵）

远望苍穹洗，鸣鸿排碧空。
露寒凝野草，蝉冷放悲声。
梦阔豪情盛，神怡心脉宁。
舒胸融飒爽，荡意咏年丰。

纪念抗战胜利七十周年
（中华通韵）

平倭十四年，光复见晴天。
血浴江山赤，骨埋丘壑斑。
吾侪思殒恸，尔辈拜鬼欢。
鞭策我惊悟，驱驰箭上弦。

吟雪中香山红叶
（中华通韵）

香山红叶美，白发嵌花环。
雪沃滋清泪，光垂露皎颜。
历临经坎坷，奋斗铸英贤。
装点岗峦俏，妖娆遗世间。

京都迎雪迟
（中华通韵）

细屑飞扬春到迟，纷纷摇落鹊先知。
枝头蹦跳忧飘絮，眉上痴呆叹觅食。
连日积霾弥月晕，今朝瑞雪满京畿。

但求四野如琼玉，不教谣诼惑众识。

鹧鸪天·读纳兰词

心若飞鸿入碧天，庄生梦蝶现身边。钟情公子遭劫难，幻象佳人雾缈然。

思往事，叹无眠。才学运命两相煎。词风语韵堪为用，远瞩高瞻度大千。

颜达予 8首

颜达予（1934— ），湖南涟源人，中国科学技术大学研究生院教授。

苍松探海

蟠龙探海显雄姿，竟露锋芒困境时。
但愿青山常着绿，孤芳可否为人师？

梅伴荷香

疏影琼楼伴浅池，风情万种两相知。
几丝微雨孕芳蕾，今到蓬莱觅小诗。

竹林闻笛

莫怨神州久缺诗，吟兴多在断肠时。
声声咏唱西园竹，雪地寒风绿上枝。

春游凤凰岭

春水低吟百鸟啾,凤凰飞过大名留。
少年有勇攀悬壁,尘客无缘识古幽。
巨石千方横涧道,桃花万树散岗丘。
云峰深处疑无路,鹰隼邀来导我游。

旧友嬉游

今日和风吹紫竹,荷香柳影会知音。
迎人松鼠嚣尘远,解语黄莺林木深。
四十三年理还乱,八千里路晓星沉。
来年相约登东岳,闲话沧桑漫抚琴。

如梦令·微观妙处

粒子行踪迷雾,城内看似空宇。函数展开来,阅尽微观妙处。把住,把住,祝愿平安一路。

如梦令·繁花深处

西岭斜阳云雾,醉倒几多儿女?想睡了芙蓉,凝视繁花深处。清苦,清苦,晨暮吟咏山路。

【中吕】山坡羊·迎新曲

儿童跳跃,青年谈笑,谁人不去红尘闹?路遥遥,水迢迢,英才共挤长安道。今日少年明日老。书,读破了。人,憔悴了。

曾庆存 10首

曾庆存（1935— ），广东阳江人，中国共产党第十三届、第十四届中央委员会候补委员，中国科学院院士，俄罗斯科学院外籍院士，发展中国家科学院院士，中国科学院大气物理研究所研究员，国家最高科学技术奖获得者。

残冬瑞雪

（中华通韵）

1984年

晕生前夜月朦胧，晨起鹅毛白絮浓。
雪欲融时身更冷，暖心却与麦心同。

冒雨登香山鬼见愁

盖地乌云逼，昏天鬼见愁，
胸中腾热血，冒雨上峰头。

绿竹赞

1989年11月

不论海角与天涯,献绿山河不着花。
有节无心人已赞,夜思亲际泪如麻。

芭蕉赞

1989年11月

数尺芳心漫展空,农家万户尽生风。
生来躯干唯高直,羞脸低头不较功。

韶山毛主席铜像前肃立致敬

2005年

击水三千里,挥戈廿一秋。
拯民于水火,反霸伏魔头。
日月开新宇,风雷遍五洲。
万方瞻仰者,热泪夺眶流。

游岳阳楼过黄鹤楼

1992年2月

一日两楼游,风光飞眼收,
岳阳当汇口,黄鹤控中流。
唐宋留名胜,明清入寇愁,
几多谋国泪,和酒酹江头。

喜观我国气象卫星发射成功

1988年9月

功成有志慰先贤,铁杵磨针二十年。
神箭高飞千里外,红星遥测五洲天。
东西南北观微细,晴雨风云在目前。
为报中华好儿女,精尖科技更加鞭。

参加第二次世界气候大会示同行

陋巷雌风压语低,阔人高调与天齐。
科坛似是容争辩,政际分明浓雾迷。
异国魂销难入梦,故乡戈枕待鸣鸡,
归来携手埋头干,会当加鞭齐奋蹄。

游黄山留赠北海宾馆

1993年5月

少骑牛背学吟诗,壮岁奔驰未暇时。
华夏情钟腾热血,黄山奇绝送灵犀。
梦回青草生花笔,魂达天都诉妙词。
此刻置身云海际,欲迎旭日接晨曦。

鸡鸣古驿城

2011年3月

鸡鸣古驿孤山下,漠朔京畿此道通。
本为官商供过宿,曾经帝后作行宫。
旅游古意吊陈迹,世运新潮起巨龙。
国耻莫忘尝苦胆,东风犹未压西风。

宋文龙 7首

宋文龙(1935—2021),河北枣强人,中国矿业大学高级工程师。

盐源苹果

盐源苹果种高原,中外驰名盛誉传。
红润诱人姿色美,酸甜可口汁浓鲜。
八乡村野株株绿,千顷山林片片妍。
欲向小康抬望眼,银行就在树枝边。

遨游遐想

2016年10月

烟波浩渺夕阳斜,溟岛绿洲披绿纱。
诺丽面包椰子树,扶桑碧草玉兰花。
无涯水下飘银月,有浪谷峰飞彩霞。
尘世长生何处去,扁舟一叶海王家。

拉萨大昭寺

庄严圣殿廓中间,金碧辉煌香满天。
神鹿法轮金顶上,盟碑古柳寺门前。
觉沃普渡唐王送,拉曼治防清帝传。
汉藏一家红日照,妖魔魑魅化飞烟。

过端午记

2012年9月

双眼朦胧端午节,更衣缓步出围墙。
桃枝折取二三束,艾草选鲜四五行。
桃木烛台驱疾患,雄黄粽子祭忠良。
祖宗留下有深意,华夏文明示我郎。

卢沟桥

2015年8月

长河逝水不堪听,独立斜阳忆宛平。
虹影一弯摹画卷,辙痕千载走雷声。
难从烽火连天起,来认卢沟晓月明。
欣喜醒狮昂首日,再无鬼子敢横行。

一带一路高峰论坛,步韵李树先

(中华通韵)

一带繁花一路春,尧天舜日映红云。
入胸西域驼铃远,携手东方挚友新。
戮力齐心腾虎步,和衷共济起龙吟。
雁栖湖畔举杯醉,妙曲双赢赞颂今。

醉春风·公仆

从政应优秀,初心牢记久。青山绿水好风光,守,守,守。秦镜高悬,内查贪腐,外平穷寇。

只为人民有,青丝更白首。德高望重美名留,走,走,走。颐养天年,举杯邀友,赏梅观柳。

布春城 8首

布春城(1937—),山东阳谷人,中国科学院行政管理局研究员。

国庆抒怀二首

一

五十八年风雨稠,天光水影目中收。
当时年少曾飞舞,今已古稀未忘忧。
洗耳恭听谋国祚,登高临远念神州。
孔方来去何须计,酒入诗笺一叶秋。

二

朝阳冉冉国旗升,百尺竿头唱大风。
注目心潮逐浪起,献身烈士亦鬼雄。
从戎不遂终生恨,未试青龙削铁峰。
老去冯唐待谁遣?尘封剑锈一渔翁。

陶然亭凭吊

远眺西山雾锁深,近观湖影日轮新。
独醒吊古耽佳句,沧浪抚今变化频。
英魄神光穿宇宙,芳魂香缕逸凡尘。
青山吐翠埋忠骨,绿水悲歌待凤麟。

念奴娇·纪念毛主席诞辰

天安华夏,陶唐地、贯出风流人物。指点百年复兴梦,润公光昭如日。倭寇扫除、三山推倒,奠定千秋业。抗争两霸,虎威熊焰皆灭。

英魂俯望神州,正龙腾虎跃,雄踞一极。绰约嫦娥,凌碧霄、直上九天勘月。北斗导航,引蛟龙入海,疾驰高铁。人间追梦,中华代有人杰。

水调歌头·庚寅中秋

庚寅中秋,中关村诗社在紫竹院公园举行"月光诗会",诗友多有佳作酬唱,余有诗词献赏。

明月浮河汉，佳节月团圆。诗人兴会天阙，欢乐盛无前。我有新朋旧雨，只管举杯痛饮，不管是何年。一醉酬诗侣，酩酊醉江山。

屈原放，贾谊贬，岳飞冤。天应有爱，何故偏事扰人间。痛为诗魂流泪，敢向刀丛试剑，此系寸心丹。杯倒溪亭静，宝镜正高悬。

望海潮·央视春晚

均天韶乐，东来紫气，天阙乐奏新声。云雾消散，太阳升起，东方又见光明。涕泪洒蓬瀛。世间几风雨，又是新晴。踏遍青山，寻梅危巘趔趄行。

南湖升起红星，先烈身赴死，赢得英名。开国鸿图，辉煌业绩，民心自有杆秤。蚊蝇乱嗡嗡，贪腐清除尽，一展峥嵘。五星红旗招展，革命续征程。

高阳台·重阳

又到重阳，登高临远，漫山点染盛装。鸿禧流年，中华重现辉煌。家国情怀无限意，恨笔端、不尽情长。路迢迢、不老秋光，胜似春光。

悲秋不在登山时，退庐攲枕，无奈彷徨。高卧南窗，东篱清品菊香。直钩钓国磻溪叟，若失机、终老亨州。更奈何、山间风云，顿起苍黄。

高阳台·过卢沟桥
——纪念抗日战争胜利七十周年

五百石狮[1]，雄视燕蓟，凝眸禹甸沧桑。雨后垂虹，河潆柳暗斜阳。卢沟晓月旧曾视，似梦境、月溶河梁。叹流年、几度胥涛，几分春光。

御敌未捷将军死[2]，揾英雄泪，同蹈疆场。喋血奋勇，弹飞刀舞敌丧。一寸国土一滴血，凯旋日、戈舞旌扬。望桥柱、依约弹痕，莫忘豺狼。

1　据查，卢沟桥有501或502座石狮。
2　卢沟桥事变后，国民革命军第29军副军长佟麟阁和第132师师长赵登禹在南苑战斗中牺牲。

边信历 3首

边信历(1937—),山东济南人,中国科学院自动化研究所高级工程师。

咏菊
(中华通韵)

百花枯萎傲菊开,散发清香使放怀。
刺骨严寒抬首挺,如痴如醉暮霞来。

咏兰花
(中华通韵)

芳姿典雅润江山,一缕清香飘谷间。
幽径无人犹自艳,蝴蝶喜立野情添。

我爱绘画

行笔丹青瀚海驰,天天绘画爱犹痴。
山河壮丽引余醉,写意人生美胜诗。

王赫珍 6首

王赫珍（1938—2021），河北滦县人，河北滦县中学高级教师。

咏茉莉花

茉莉花开别样妍，倚风飘逸体翩跹。
琼葩玉蕊馨香吐，碧叶柔枝翡翠嫣。
天赋仙姿颜淡雅，身藏美韵色浓鲜。
心无争宠逐名欲，若比品相列在前。

读严加安先生《数斋随想》

品味人生佳韵留，泛舟数海壮心酬。
杏坛果硕声名显，大美天成文笔遒。
书法诗词香翰墨，散文著述耀千秋。
引航诗社拓新路，摘取玑珠绘九州。

纪念长征胜利八十周年
（中华通韵）

长征历尽万重难，涉水翻山闯险关。
帐月席茵枪枕睡，餐风饮露忍饥寒。
没膝草地泥潭过，万死千伤步履艰。
今日复兴双百梦，初心不忘效先贤。

蝶恋花·贺天舟一号与天宫二号交会对接

载货飞船升玉宇，破雾穿云，星汉观情侣。寻觅天宫尊有序，精微对接堪创举。

不畏征途难几许，变轨频频，自信终团聚。相见情浓倾泪雨，神州科技赢荣誉。

畅游圆明园
（中华通韵）

炎炎烈日映丛林，碧叶红花掩戏禽。
挺立莲蓬藏细语，昂扬粉瓣飨知音。
赏心悦目诗翁醉，琢句雕章词韵沉。
厅内推敲声入海，鱼游深处亦低吟。

悼霍金[1]
（中华通韵）

身染恶疾难自理，胸怀穹宇探神奇。
非凡意志倾心血，卓越成功举世稀。
黑洞精研说引力，时间简史道玄机。
西归载誉垂千古，后辈攻坚有所依。

---

[1] S.W.霍金（1942—2018），英国物理学家。

颜基义 7首

颜基义（1939— ），广西横县人，中国科学院大学教授，曾任中国科学院研究生院党委书记。

纪念华罗庚[1]先生诞辰百周年二首

其一　观华老讲课照片有感
何谓平生幸运长？识途借得大师光。
三年听课获金处，每每翻看总断肠。

其二　从"豆子"到"通天塔"
圆圆豆粒妙无边，入地风生万万千。
犹有大师多壮志，"人梯"送向最高天。

---

[1] 华罗庚（1910—1985），江苏常州金坛人，中国科学院院士，数学家。

2016年随州世界华人炎帝故里寻根

烈山脚下是源头,大殿端庄鼓韵稠。
饶重编钟连遍起,首低时刻意幽幽。

纪念长征胜利八十周年

此举势如滔,今朝气亦豪。
寒江翻碧血,索道涌银涛。
草地深含穴,雪山陡胜刀。
长征生死路,换得赤旗高。

情寄党的十九大

重担生来落党肩,红船旗下尽忠贤。
不搬教义寻前路,却破围追笑暮烟。
天地翻腾堪俯仰,人寰再置总流连。
京秋大会凌云志,光耀中华又百年。

与白鹭的对话

2009年

人说:
你大美胜诗歌。
我问:
哪是你的平仄?
你笑:
看那律动
就在翅膀的张合。

人说:
你大美胜诗歌。
我问:
你们如何唱和?
你无语:
只是相对起舞,
俨然不喧的吟唱者。

人说:
你大美胜诗歌,
我说:
诗歌又如何?
你自然的大美

让文字谦虚了很多，很多！

李佩[1]先生，那最后的笑脸和招手
2017年

【题记】2016年12月20日郑哲敏先生带领我们一行五人，前往中日友好医院为正在住院的李佩先生庆祝99岁生日。这是一次极为特殊的聚会，是李佩先生应允的第一次生日聚会。由于病情已经十分严重，我们深知这也是她最后一次生日聚会。我们抵达病房后，一直处于半昏迷状态的她，不仅睁开了眼睛，还能简单地回应一些问题。而且，李佩先生自始至终脸上都带着淡定的微笑，似乎"死神"与她无关。当我们离去时，李佩先生不断地向我们招手，甚至在我们走出病房后，透过门窗还看到她依然在招手，……

一头是，您轻轻地招手，
一头是，我们不忍心久待。
您的招手，您的笑脸
是向思念的人们，
送上金光般的虹彩。

1　李佩（1917—2017），江苏镇江人，语言学家。

那墙上的生日字句，

竟是您人生第一次的挂摆。

那十八个字母的意义，

便是我们心中的花朵

久久不会衰败。

病床上的贺卡，

像是Ithaca[1]溪流的青苔；

在落差很大的激流里，

期盼着您的生命

能够再次重来！

这里不是中关村，

没有334会议室，

也没有13楼的阶台；

却可透过您微笑的脸腮，

病房里涌动着您炽烈的情怀。

招手，是殷切的期望，

让后辈我们不再徘徊；

病床似乎伴着星辉，

生命的最后时刻

您依然在播洒天际大爱。

招手，并不是再见，

---

[1] Ithaca，美国纽约州小城绮色佳。李佩和郭永怀先生曾居住在此。

时空岂能将我们与您分开；
最后的离别无需哭泣，
每人心中都有您专属的地块
高高矗立着您的名牌！
一头是，您轻轻地招手，
一头是，我们怎忍心分开！
沉重地走出医院大楼，
仰望天空，您与我们同在，
此情此意，一生不改！

云宏年 3首

云宏年（1939— ），北京人，原中国科学院感光化学研究所研究员、副所长。

寅虎清明

阳春三月又清明，祭奠先人泪眼莹。
网上献花情系远，更怀英烈仰无名。

卜算子·感怀人生

2021年4月19日

八秩越峥嵘，岁月从容度。砥砺前行秉乐观，不畏凌霜苦。
家国永萦怀，老骥追夸父。圆梦中华耀五洲，携手康庄路。

西江月·北大学生生活感赋

　　常忆湖光波影,韶华岁月流年。同窗久远幸团圆,勤奋追求全面。

　　甲子云烟匆去,恩师寄语心间。燕园正气树三观,爱国为民履践。

郭日方 7首

郭日方（1941— ），河南原阳人，中国科学院文联名誉主席，俄罗斯艺术科学院荣誉院士，《中国科学报》原总编辑，中国作家协会会员。

游黄山三首

其一 清凉山观日出
山似征帆云如海，日披金练天外来。
登临始信黄山美，梦中犹步清凉台。

其二 夜宿玉屏楼
山外青山天外天，玉屏楼中伴月眠。
夜半梦中闻蛙鼓，疑是仙乐飘玉泉。

其三 琅琊松
青龙跃跃琅琊松，银须飘飘乱石中。
劲枝舒展擎风雨，仰看酿泉落彩虹。

金色池塘

许多往事都已老去
只有　只有那金色池塘
依然那样年轻而美丽

那一首没有唱完的歌
飘过高高的相思林
那一个没有猜出的谜
消失在流泪的雨季
站在塘边　站成了
一个冬天的雪人
我终于没有能够
说出那个字　终于
没有告诉你
锁在心头的
那个秘密

许多往事都已老去
只有　只有那个秘密
依然那样年轻　而美丽

生命，是一条又长又宽的河流

生命　是一条又长又宽的河流
从起点　到终点
有数不尽的河汊　和港口

也许　那沉沉暗夜
我们在礁丛中　迷失路径
也许　那离离白昼
我们在花丛中　徘徊停留

长风破浪　会当水击三千
曲水流觞　笑看弯月似钩
惊涛拍岸　又听崩雪如雷
砥柱中流　任由浪遏飞舟
雄关漫道　闯风狂雨骤
舞榭歌楼　唱红灯绿酒
尝尽了人间苦辣酸甜
挥洒出我辈千古风流

当青春的风帆　悠悠滑过
那永不复返的岁月
蓦然回首
但见长河落日

有多少美丽的漩涡

留在身后

啊　河流　当你负载着我们

滔滔地汇入大海　沙滩上

为什么潮起潮落

总也没有　平静的时候

昙花心语

生在沙漠

长在沙漠

严酷的环境

和遗传基因

给了我

刚柔并济的性格

骄阳　晒不枯

我的憧憬

热风　吹不灭

我的执着

开花一次

只有　哪怕只有

几个小时
也要开得
芳香醉人
热情似火

说什么
昙花一现
说什么
日月如梭
珍惜光阴
瞬息怒放
只为　只为
留下清香
美化生活
这是我的
最大快乐

爱我的人啊
不要辜负
切莫错过
何不趁着今夜
月光如水
如约而至
此刻　微风拂面

花枝绰约
炎炎盛夏
寂寞庭院
我冰清玉洁
婷婷含笑
请你　细细端详
是不是　夜色中
我是那最妩媚
最迷人的一朵

昨天，今天，明天

有人说　人生只有三天
昨天　今天　和明天
昨天　无论是苦风凄雨
还是阳光灿烂
无论是耻辱磨难
还是荣耀光环
都已随风而去
犹如过眼云烟

今天　太阳照样从东方升起
道路依然向远方铺展

荆棘泥泞也好
关山万重也罢
你还必须　一步一个脚印
脚踏实地走向明天

而明天　是一片迷人的彩霞
一道亮丽的风景线
看似很远　其实很近
它总是充满着期待和希望
远在天边
向你发出深情的呼唤

啊朋友　走出昨天的门槛
抓住今天每一寸光阴
跨上通向明天的征途
一天　一幅风景
一处　一座驿站
用你的脚印
用你的目光
把昨天　今天　和明天
编织成人生最美最美的花环

严加安 10首

严加安(1941—),江苏扬州人,中国科学院院士,中国科学院数学与系统科学研究院研究员。

七十述怀

人生七秩是金秋,岁月匆匆似水流。
劳碌耕耘佳果结,芬芳桃李壮心酬。
不求著作一身等,但企文章百世留。
荣辱升沉抛度外,鞠躬尽瘁不言休。

夕游西湖

晚霞逝去暮云开,送爽秋风拂面来。
蝉噪莺啼齐缭绕,月光柳影共徘徊。
钟声缥缈南屏寺,夜色朦胧亭榭台。
石塔浮沉灯闪烁,瀛洲楼阁似蓬莱。

春游扬州瘦西湖

廿四桥头忆牧之,遐思月夜洞箫吹。
长堤杨柳迎风拂,曲岸桃花引步移。
春水粼粼微浪起,晚霞冉冉夕阳辞。
寻芳更喜西湖瘦,婀娜多姿境若诗。

游安徽天柱山

耸立群峰裸石间,果然天柱是名山。
奇崖异洞窗风劲,岫壑岩幽涧水潺。
远眺长湖蓝玉带,回眸叠嶂彩光环。
身闲好似飞云鹤,胜境流连不欲还。

咏张大千[1]

五百年来一大千,临摹壁画绘飞天。
魂萦朱耷池隅鸟,梦绕石涛松下贤。
酒兴挥毫堪入妙,诗怀落笔似通仙。
周游列国声名播,泼彩庐山未了缘。

---

[1] 张大千(1899—1983),四川内江人,画家。

挽饶宗颐[1]先生

绝代鸿儒旷世奇,敦煌古籍释存疑。
融通甲骨和金石,悟彻经书与楚辞。
绘画风情真悦目,诗词意境好神怡。
中华国学声名远,驾鹤归西巨著遗。

青玉案·桑榆非晚

阳春三月游春去。野花放、香盈路。流水小桥风舞絮。寻芳遍赏,园林漫步,浸享流连处。

夕阳斜照花千树,满目霞光映天暮。莫叹年华余几许。桑榆非晚,童心永驻,自有黄昏趣。

沁园春·新西兰南岛

南岛风光,宛如仙境,人间天堂。有湖光山色,冰川峡谷;纵横溪涧,草地牛羊。岩石千层,犬牙交错,一道天然壁画廊。峡湾峻,观峭岩万仞,飞瀑垂江。

---

[1] 饶宗颐(1917—2018),广东潮安人,书画家、学者。

驱车沿路寻芳，有艳丽鲁冰花沁香。赏沙滩圆石，浮沉海浪；萤虫洞穴，闪耀星光。蒂卡波湖，水清如镜，倒映山峰伴夕阳。游七日，阅奇观异景，举世无双。

沁园春·庆祝建党一百周年

岁月沧桑，建党立国，华夏脊梁。造一星两弹，国威彰显，动车高铁，超越西方。航母巡游，嫦娥探月，北斗环球好导航。高科技，频创新奇迹，璀璨星光。

百年伟业流芳，反贪腐、倡廉洁自强。有宏图大略，为民造福，扶贫济困，治国安邦。百业腾飞，复兴圆梦，不忘初心建小康。抗新冠，奉人民至上，战绩辉煌。

一七令·梅

梅。
高洁，芳菲。
生墙角，避风摧。
凝眸花瑞，遥视雪堆。
岁寒三友季，诗画四君魁。
君复寄情梅鹤，放翁寓意残梅。
介甫喜梅暗香味，润之赞梅斗雪姿。[1]

---

[1] 君复、放翁、介甫、润之分别是林逋、陆游、王安石、毛泽东的字或号。

李邦河　3首

李邦河（1942— ），浙江乐清人，中国科学院院士，中国科学院数学与系统科学研究院研究员。

游冰壶洞

山寓冰壶深千尺，石吐玉龙耀丰姿。
似风轻拂云雾雨，神雷高诵词曲诗。
弘祖[1]游记天授予，沫若[2]华章谁赐之。
欲发前人所未发，更随流水觅玄知。

贺陈省身[3]教授八十大寿

少小远游探深幽，无限创造耀千秋。

1　弘祖，指音乐家、教育家、戏剧家李叔同（1880—1942），法号弘一。
2　沫若，指著名学者郭沫若（1892—1978）。
3　陈省身（1911—2004），浙江嘉兴人，中国科学院外籍院士，美国国家科学院院士，美籍华裔数学家。

妙算八十新颜驻,仍握龙头惊五洲。

赠孙老克定

投笔从戎年轻时,大将帐前曾为师。
功成难忘淡泊志,生平最爱数与诗。

孙竹清　5首

孙竹清（1943— ），湖北武汉人，曾任中学校长、高级教师。

浣溪沙·悼念杂交水稻之父袁隆平[1]

水稻杂交追梦长，探求禾底好乘凉。更期人类脱饥荒。

田垄丘丘留背影，炊烟缕缕透清香。巨星天际耀灵光。

浣溪沙·端午节悼屈原

天问离骚寓意真，忧民报国恨无门。汨罗江上布愁云。

粽子飘香承习俗，龙舟竞划祭忠魂。千年

---

[1] 袁隆平（1930—2021），江西九江人，中国工程院院士，"共和国勋章"获得者，国家最高科学技术奖获得者，农业科学家。

不朽国之珍。

水调歌头·毛主席诞辰拜谒纪念堂

心急夜难寐,晨起冒寒风。月同冬日辉映,堂外立青松。徐步鲜花手捧,垂首庄严肃穆,注目拜毛公。主席辛劳甚,静谧卧花丛。

为民众,谋福祉,铸丰功。人民怀念,与日增长感情浓。奔向北京瞻仰,赶赴韶山朝拜,排队似长龙。如此招人敬,举世有谁同?

忆秦娥·壬寅清明

千愁迭,红尘梦断贤卿诀。贤卿诀,亲人泣泪,痛心伤别。

含悲扫墓清明节,纸钱缭绕烟香灭。烟香灭,夕阳斜照,石碑陵阙。

六州歌头

神州危难,湖上举红旌。肩使命,心如

铁，气恢宏，久传承。星火燎原野，风雷激，烽烟熄，耻辱雪，民欢乐，庆升平。虎跃龙腾。接力兴华夏，战鼓长鸣。看蘑菇云起，星绕太空行。葵霍心倾。世人惊。

喜迎新纪，新时代，新思想，领航程。争朝夕，奔腾激，志成城。任纵横。北斗环球绕，神舟起，探繁星。丝绸路，朋友广，促双赢。极目山清水秀，小康路、泽润苍生。盛会皆俊杰，高策指新征，旗帜鲜明！

郭传杰 6首

郭传杰（1944— ），湖北浠水人，中国科学院研究员，国际欧亚科学院院士，曾任中国科学院党组副书记，兼中国科学技术大学党委书记，第十届、第十一届全国政协委员。

国庆再登观礼台有感

2019年10月1日

澄澈苍穹秋日升，汗湿衣袖血奔腾。
阅兵国庆天同乐，鼓掌欢歌地共鸣。
五上[1]礼台七秩岁，三生有幸两村[2]情。
男儿我辈今圆梦，盛世神州举世惊。

委员十年感怀

两届委员参政年，良多感慨悟斯言。
科教国是经纶议，冷暖民生肺腑涵。

---

1 五上，指自20世纪90年代以来，作者曾有幸5次登天安门观礼台。
2 两村，指作者的家乡学院村和北京中关村。

曾发呼声上媒体,更留足迹遍乡关。
追思绩效今安在?若有似无还汗颜。

赠杨叔子[1]先生

收杨叔子先生亲笔题赠《杨叔子槛外诗文选》等著作七本,喜不自胜,感赋一律,以达谢忱。

自谦槛外胜方家,科海今开李杜花。
机械信息称泰斗,人文诗赋蕴奇葩。
一心圆梦求真理,两校聆声赏物华。
年至耄耋童趣在,期颐还会育青芽。

化学自咏

我求知识有真经,着意人民砥砺行。
不信妖邪许长寿,岂容商贾毁清名!
双刀齐斩铜钱臭,万类同和天地情。
歌咏化学非作梦,如诗似画幻空灵!

---

[1] 杨叔子(1933—),江西九江人,中国科学院院士、机械工程专家、教育家。十年前,在中国科大和家乡浠水一中曾两度聆听杨先生的人文报告。

长相思·伫立郭永怀李佩碑前

白石晶，黛石晶，同聚忠魂于此茔。依依骨肉情[1]。

松也青，柏也青，时久天长护众英。齐瞻国运兴！

临江仙·秦伯益[2]先生赠《美兮九州景》感怀

莫道独游无伴侣，神交山水田畴！古今中外最风流！眼观风景美，心为万家谋。

学者将军身份退，笑谈名利公侯。闲暇自在复何求！治学三要件，秦老志方酬。

---

1 与郭永怀院士一起牺牲的警卫员牟方东烈士和郭、李夫妇一起葬于郭先生的大理石雕像的基座下。
2 秦伯益（1932—　），江苏无锡人，中国工程院院士，少将，药理学家。秦先生身为院士，主动申请退休；身为将军，放弃诸多待遇。亚里士多德说过，做哲学和科学需要三个条件：惊异、闲暇、自由，秦老皆已具备。

白彤霞 9首

白彤霞（1944— ），北京人，中国地震局地球物理研究所高级工程师。

立夏咏芍药

花王谢幕相花开，应律仙姿款款来。
浓淡浅深呈靓丽，几人欲去更徘徊。

咏蒹葭

寒塘漠漠伴栖鸦，掩映渔灯月笼纱。
漫道秋深悲逝水，生机一片在蒹葭。

河传·绿柳紫丁香

（李清照体）

小苑，春晚，晴窗花乱。绿柳翩然，紫英

烂漫，尘外翠羽牵缠，意绵绵。

多情柳伴殷勤解，千千结，纵放繁枝悦。红霞染醉，风静炫彩天，共婵娟。

江城子·哭李佩先生

百年一瞬幻沧桑。夜茫茫，月昏黄。无计相留，鹤影向西方。倘若有知当告我，天堂路，有多长。

中关村里铸辉煌。策筹忙，鬓成霜。抱守初心，谈笑泯忧伤。桃李成荫花落去，兰魂在，自留香。

满庭芳·同学聚会有感

五十年前，半世纪后，前天昨日今朝。秋来春去，两鬓已霜飘。多少风流岁月，依稀里，万缕千条。重相会，这般滋味，旧雨泛心潮。

当年挥手去，清风皓月，瀚海波涛。写天下文章，恣意挥毫。倾动胸中万卷，痴狂处，菊傲梅高。回眸笑，谁留清骨？诗酒入琴箫。

【北曲双调】殿前欢·送许国志先生

2001年12月

碧谷诗，先生豪语警顽痴。一生许国多奇志，荣辱由之。挥毫百阕词，《鹧鸪天》一曲，参破生和死[1]。化入了青山绿水，转生出老树新枝。

【中吕】普天乐·中秋月光诗会

玉桂魂，婵娟影，见清光散落，一池晶莹。月正明，人初静。菊酒清茶皆诗兴。紫竹风，云外歌声。歌声起，乾坤气正，舞袖狂宇寰澄清，普天乐，共庆昇平。

【双调】水仙子·秋日登高抒怀

淡云飘雪荡悠悠，碧水浮红醉了秋。登临偏爱黄花瘦，览尽江山一画轴。

---

1 许国志先生曾赠我《碧谷诗词》集，又留《鹧鸪天》一词，作为遗嘱。

想古今多少风流。弹指百年事，不做花月愁，回眸看无愧白头。

我是中国人

2020 年 5 月 11 日

看江海奔腾，
看山川巍峨，
这是祖国华夏大地的风采，
这是我深深爱恋的祖国。
你是冲天腾飞的巨龙——叱咤时代的风云，
你是昂首高亢的雄鸡——唤醒拂晓的沉默，
你是威风凛凛的醒狮——舞动神州的雄风，
你是人类智慧的起源——点燃文明的星火。

我骄傲，我是中国人！
我是中国人——
我爱看长城扬起手臂，把通信卫星送上蓝天，
我爱听黄河汹涌澎湃，高奏起新征程上的战歌。
叮咚的驼铃，让丝绸之路蜿蜒不断。
青青的绿草，掩盖了荒凉的戈壁沙漠。
长江的碧波，把五彩的音符撒向八方，
黄山的云峰，俯瞰着历史的风狂雨落。

我的祖国，从东亚病夫到梦圆百年，
56个民族，同仇敌忾，
尽显英雄本色！

曾几何时，
病毒张狂，疫情肆虐，
我的祖国，再一次旌旗漫卷，
上可顶天，下可立地。
胆气壮，不放松，
誓将熄灭这场没有硝烟的战火。

我骄傲，我是中国人！
如今又是春光烂漫的季节，
灿灿繁花开遍祖国大地的每一个角落。
我看见了那一团永不消散的祥云圣火。

啊，我亲爱的母亲，
我的祖国，
你永驻在我的心窝，
我时时感受到你的深情火热。

李 飞 10首

李飞（1944— ），湖南衡阳人，中国科学院地理科学与资源研究所研究员。

穿越塔里木

驼铃响彻暮云霞，古国楼兰觅店家。
铁马冰河千万里，轻蹄踏月笑天涯。

游芦笛岩

瑶林仙境石姿妍，鬼斧神工有洞天。
芦笛谁吹和三姐[1]？一歌教我醉千年。

---

1 三姐，指广西壮族民间传说中的刘三姐。

春日小酌

闲来唤友酌山涯,垂暮风怀涧水哗。
柳笛和歌莺伴唱,梅香入酒雪煎茶。
一杯老窖心花放,三盏新醅眼树斜。
遥望云霞织朱绣,玉壶品出好年华。

桃花岛

一叶轻舟泊岸边,飞丹万点舞晴川。
桃花人面待崔护,松月禅心邀乐天。
自有清风弄丝雨,何须红袖抚琴弦。
春江渔火连银汉,芳岛听涛枕浪眠。

长白温泉流觞

岳桦围屏瀑布垂,流觞曲水漫芳池。
温汤微浪堪怡性,热气飘香犹润机。
作赋吟诗学曹植,挥毫泼墨仿羲之。
今朝不饮空归去,马鹿泉边会笑痴。

初夏

旧燕有情飞我家,满堂律动乐无涯。
春风拂柳千丝软,夏雨润荷双蒂花。
乌鹊欢鸣舞青竹,白头兴起步丹霞。
芸窗含笑吟新阕,一缕诗心半盏茶。

辛丑年货

晴雪梅红春色漫,浮香千缕满银盘。
老家迢递芙蓉酒,新市购来蝴蝶兰。
笑语犹滋鲜肉饺,欢歌更润草鱼丸。
疫情追溯非中国,一醉方休兴未阑!

秋游香山

金风送爽野游酥,疑是阳春万里朱。
黄菊松涛连碧寺,彤云枫火接青衢。
笑盈前路醉几客,馥满边垆酒半壶。
轻拾双清[1]一红叶,隽香带梦入归途。

---

1 双清,指北京香山双清别墅。

唐多令·冬游三亚

云水荡飞舟，涛声曲韵悠。绿煦光、海国闲游。卸下一担尘与雪，奔海角，揽天流。

花雨濯心愁，椰风入梦柔。更长年、生态为优。花信时时鸥鹭约，候鸟驻，鹿回头。

水调歌头·春到白洋淀

2017年4月1日，中共中央、国务院决定设立河北雄安新区。

春雨润华北，翠柳舞东堤。燕山风韵千里，凝露嫩荷滋。水泊星辰云气，青鸟翩跹芦荡，碧水漾晨曦。醉了白洋淀，四海涌新醅。

野鸭笑，红鲤跳，太行巍。乘鸾跨凤，雄安龙跃展英姿。大雁翎飞霄汉，又一春天故事，动地撼天诗。呼唤孙犁出，大写靓瑶池。[1]

---

[1] 孙犁曾撰写名篇《荷花淀》。

余德浩 10首

余德浩（1945— ），浙江宁波人，中国科学院数学与系统科学研究院研究员，国际欧亚科学院院士。

沁园春·北京感怀

2013年4月28日

雄踞幽燕，左望津门，右接太行。喜长城北海，青山绿水；故宫佛阁，金碧辉煌。引凤新巢，回龙旧观，美景增添水立方。登楼唱，赞通衢顺畅，广厦朝阳。

百年烟雨沧桑，忆往昔神州斗虎狼。有圆明遗恨，启蒙潮涌；卢沟泣血，革命旗扬。爱国创新，包容厚德，直挂云帆去远航。终圆梦，乘长风破浪，实干兴邦。

重阳感怀

2013 年 10 月 13 日

年近古稀情若何？沧桑岁月莫蹉跎。
发挥余热勤求索，吟诵新诗费琢磨。
追梦常忧前路远，抒怀总系众生多。
但期华夏腾飞日，一统山河唱赞歌。

水调歌头·圆我中华梦

2014 年 3 月 30 日

华夏千秋史，先烈百年功。难忘漫漫长夜，肝胆映星空。悲壮冲冠怒发，磅礴凌云正气，世代唱英雄。今日睡狮醒，昂首亚洲东。

关山越，天地换，缚苍龙。兴邦实干，强国共富坦途通。不负峥嵘岁月，定补金瓯残缺，破浪驾东风。圆我中华梦，欢庆九州同。

罗布泊

2015 年 12 月 3 日

峥嵘岁月未蹉跎，大漠风沙奈我何！

两弹烟云惊世界,一星声韵壮山河。
埋名隐姓丰碑在,报国离家志士多。
莫道楼兰丝路远,胡杨古道唱新歌。

永遇乐·信仰丰碑

2016年10月24日

千古英雄,中华魂魄,无价珍宝。万里长征,浩然正气,天地余音绕。金沙大渡,雪山草地,志士血流多少?断肠处,悲歌壮烈,豪言"此地真好!"

吟诗北上,挥戈东渡,信仰丰碑谁造?来路铭心,前程放远,吹响行军号。举旗创业,扬帆出海,理想毕生怀抱。待圆梦,新图绘就,再添捷报。

一剪梅·人生

2017年6月19日

学海书山望顶峰,云雾迷蒙,草木葱茏。
雄鹰搏击笑长空,苦在其中,乐在其中。
战地花香意境浓,忘却炎凉,参透穷通。

晚霞夕照喜从容，袖底清风，心上春风。

毕业五十周年大学同学聚会

2017年10月15日

昆明湖畔聚同窗，五十烟云鬓染霜。
科大春秋成梦幻，京华离别话沧桑。
清风送酒多诗意，佳景佐茶添佛香。
老骥新篇今合唱，初心犹在又重阳。

望海潮·七十周年国庆

2019年4月6日

千秋衰盛，生民忧乐，沧桑七十年华。村镇小康，江山锦绣，春光万里人家。前景最堪夸。有神州重器，科苑奇葩。探海巡天，豪情飞越向三沙。

惊雷骤雨曾加。忆南湖圣火，北国鸣笳。黄钺铁流，长缨壮志，迎来旭日朝霞。勿唱后庭花。喜初心真切，风物清佳。但得红旗高举，圆梦到天涯。

念奴娇·百年风雨

2021年5月13日

　　百年风雨，凯旋归，回望沧桑今昔。长夜明灯何处有？真理艰辛寻觅。石库门中，南湖船上，奋击中流楫。睡狮初醒，崭新天地开辟。

　　热血铸就辉煌，镰锤交映，鹏展双飞翼。温饱小康奔共富，强国豪情谁敌？破浪扬帆，披荆斩棘，前路风雷激。神州圆梦，大同光耀无极。

沁园春·喜迎二十大

2022年5月6日

　　何处蓬莱？绿水长流，柳叶细裁。喜春光入户，呈祥去祟；东风拂面，抗疫消灾。百业重兴，万民齐盼，十月金秋盛会开。军号响，涌激情慷慨，热泪盈腮。

　　镰鎚荡涤尘埃。利剑指、千钧扫雾霾。有愚公气概，攻坚壮志；灵均魂魄，求索情怀。丝带飘扬，金桥飞架，再踏征程向未来。初心在，唱大同国际，圆梦和谐。

刘纪亮 7首

刘纪亮（1948— ），北京人，北京人民机器厂职工。

同窗聚会

1995年5月3日

久别同窗聚瓮山，温馨往事梦相连。
风霜雨雪磨筋骨，岁月年轮刻脸颧。
热泪激情倾肺腑，欢声笑语醉心田。
晚霞壮美腾云海，圣火童真在复燃。

朝中措·记中关村诗社植物园诗会

2017年5月19日

艳阳初夏似炉烧，难挡热情高。远望青山叠翠，近听小鸟啾啁。

浓香沁腑，奇花撷韵，异草含娇。诗友老当益壮，心怡暑气全消。

鹧鸪天·永安河感怀

2018年11月14日

忆昔桑干浊浪湍，洪灾战乱祸连绵。新华崛起惊寰宇，古水欢歌漾碧涟。

香五苑，秀三山，初心愿景舞翩跹。卢沟晓月沧桑历，党绘宏图筑梦圆。

赏老伴栽培蟹爪莲

2018年2月6日

老伴栽培蟹爪莲，寒冬绽放色鲜妍。
当垆酒暖赪霞灿，以沫相濡乐寿年。

怀念父母

2020年4月5日

少年命舛椿萱逝，未报慈亲养育恩。
菽水承欢犹眷念，思深入梦泪倾盆。

华夏同仇抗疫情

新冠病毒祸江城,举国联防抗疫情。
医学专家研救药,白衣天使踏征程。
三军援鄂齐参战,四海除瘟共践行。
华夏同仇斩妖孽,高歌奏凯宇澄清。

渔歌子·咏牵牛花

艳丽花冠映夕阳,喇叭吹奏醉勤娘。天当被,地为床,竹韵松风伴梦乡。

李文光　3首

李文光（1948—　），吉林辽源人，中国科学院过程工程研究所高级工程师。

爱洒荆楚路——送别白衣天使

山河无恙　疫魔逝去，
杏林花雨　春归大地！

荆楚十里　别情依依，
一辆辆奔驰的大巴，
承载着刚刚卸甲的天使白衣。
窗外，
一行行送别的人群
一面面红旗，
一簇簇鲜花
一串串晶莹的泪滴，
更有那弯腰大拜　跪倒在地，
这是献给英雄们最高的礼遇！
一幕幕感人肺腑的画面，

连接着血肉深情,生死相依!
千种离情,万般别绪……

亲人啊,你慢些走,
救命大恩铭刻心底:
除夕夜,
你毅然告别父母儿女,
面对闻之色变
避之不及的冠状肺炎,
你逆行武汉,凛然大义!
在飞满气溶胶毒素的病房里,
那笨重的防护服,
拖着疲惫的身体,
一遍遍插管输液,
一次次与死神搏击!
你妙手仁心,拯救危亡,
舍生忘死,感天动地!
恩人哪,
你是龙的传人,
英雄的儿女!
江城不会忘记!
祖国不会忘记!!
历史不会忘记!!!

遍地鲜花为你盛开绽放，
万里春风伴你凯旋归去，
初升的红日是你美好的心灵，
璀璨的朝霞为你披上绚丽外衣，
皎洁的月光怎比你柔情似水，
明亮的双眸恰似那星光熠熠！
亲爱的祖国啊，这是你的骄傲，
让全球瞩目，
世人尽仰　无与伦比！

南仁东[1]之歌

采来全城盛开的鲜花，
披上璀璨多姿的朝霞，
带去香醇扑鼻的美酒，
飞到广袤浩渺的宇宙，
献给你——天眼之父南仁东，
伟大的天文学家！

22个风雨兼程的春秋，

---

[1] 南仁东（1945—2017），吉林辽源人，天文学家，"人民科学家"国家荣誉称号获得者。

22个胼手胝足的冬夏,
你望穿苍穹　描绘宇宙
缔造了一个当代的中国神话!
你打造了中国天眼——500米口径望远镜,
让"窝凶落星辰"千难万阻踩脚下!
你引领我国射电天文界超越发达国家20年,
哺育了那朵盛开在贵州深山里的FAST宝莲花!
它可接收137亿光年的电磁波,
探测到43颗新的脉冲星,
习主席贺电　国际认证　灵敏度高　气势庞大!
央视及各报刊载无数次的新闻人物
属于你——南仁东啊　时代楷模　光耀中华!

你是一首激情澎湃　炽烈如火的战歌,
呕心沥血　燃烧自己　振兴中华!
你就是一架永动机,从不停歇　永生奋发!

南仁东啊,你没有离开你的天眼,
没有离开高于你生命的事业!
你拼尽了所有的能量　飞到了九霄云外
正站立在N维世界的脉冲系上,
依旧熠熠生辉　雄姿英发!
你永远是中国人民的好儿子,
世世代代　永放光华!

生日放歌
——为中国科学院成立70周年而作

穿越70年的隧道时光

将我中科院的足迹回望

和着建国的礼炮铿锵,

你乘风破浪,

雄立在共和国一穷二白的风口浪尖上!

....

邓稼先[1]、郭永怀[2]、钱学森[3]、叶渚沛[4]……

多少个爱国的科学家,

冲破种种封锁　扑向了祖国母亲的胸膛!

为中华民族的腾飞　挺起了脊梁!

多少个夜晚　中关村各研究所灯光闪亮,

茫茫原野　深海大漠　地下天上,

1　邓稼先(1924—1986),安徽怀宁人,核物理学家、中国科学院院士,"两弹一星"功勋奖章获得者。

2　郭永怀(1909—1968),山东荣成人,力学家、应用数学家、空气动力学家、中国科学院院士,"两弹一星"功勋奖章获得者。

3　钱学森(1911—2009),浙江杭州人,空气动力学家、中国科学院院士、中国工程院院士,"两弹一星"功勋奖章获得者,获"国家杰出贡献科学家"荣誉称号。

4　叶渚沛(1902—1971),生于菲律宾马尼拉一个华侨家庭,冶金学家、中国科学院院士。

都是我们中科院的试验室、中试、大试的厂房！
让两弹一星　神舟飞船　墨子号量子卫星升空
500米口径天眼　缔造了当代的中国神话
杂交水稻　激光拍照　信息技术
硕果累累　处处飘香　世人尽仰！
…………

你的能量灿若朝日，火热永恒　喷薄欲发！
你的成果亮似星辰，天上人间　时空开花！
你的业绩明如新月，清辉似水　九州飘洒！
你聚集了一批又一批的科研力量，
培养了陈景润、蒋筑英、南仁东
以及千万个爱国敬业大大小小的科学家！
你是一首激情澎湃炽烈如火的赞歌，
鼓舞了多少人呕心沥血　燃烧自己　振兴中华！
你是一首沁人心脾　悠远绵长的音乐
迷醉了多少人投入了无限探索
无限追寻的毕生年华！
输入了你的能量，
我们就是一架永动机，
从不停歇永生奋发！
扑进你的胸膛，
我们担得起如山重负，依然挺拔！
流淌在血液里的挚爱，
浇灌着科学的春天，

一个接一个的科研成果
一段又一段感天动地的佳话，
记载了多少艰辛与无畏，
构建了共和国的灿烂辉煌　壮美强大！
不为留名　那闪耀的伟业确是人们心中
永远耸立的珠穆朗玛！

啊，值此良辰，
天上人间　宝树琼花　瑶池美酒　香满天涯
天籁飘来　漫天彩霞　嫦娥翩翩　仙女散花
不同时空的所有同事，
让我们共同举杯吧！
为我们的成功　为祖国的兴旺发达，
尽情地欢呼跳跃　赞美讴歌吧！
祝愿我永远挚爱的中国科学院：
百花盛开　多姿璀璨
万紫千红　尽显风流！

李树先　10首

李树先（1948—　），黑龙江五常人，高级政工师，北京诗词学会编辑部主任。

沁园春·牛年元宵网上同学会

2021年2月16日

半纪驹光，云散风流，百侣参商。忆非凡壮岁，天高鸟跃，空前大业，海阔鱼翔。血热平湖[1]，情激荒野，伴我青春云水长。潘郎鬓，笑秦貂尘黯，浩慨苍茫。

曾经傲雪迎霜。喜盈目，春归紫燕忙。念京华小隐，雁离群久，家山远望，杏绽花香。今日相邀，寒窗谊重，巧借微屏返故乡。莫怪我，又酸文醉墨，略表衷肠！

1　平湖，此指镜泊湖。

赵州桥

2021年4月3日

稀年心事在一桥,情动芳菲起浪潮。
四海游人摩趾踵,千秋古岸锁波涛。
横空直跨龙飞壮,拔地临流凤展娇。
傲我中华神妙手,如今依旧笑儿曹。

戏题铜雀台

2021年4月3日

阿瞒当日筑台高,铜雀春深怨二乔。
未料东风成妙计,何由西蜀助宏韬。
滔滔漳水千秋恨,淡淡空云一梦遥。
旷代枭雄贻笑柄,依然十里杏花娇。

春游赵地漫沉吟

2021年4月3日

三月阳春燕又归,赵王城里絮纷飞。
胡服射处花如锦,烽火台前喧胜雷。
巷窄回车襟海阔,桥宽学步世情非。

古今谈笑何多事，华夏驰眸尽展眉。

沁园春·新村雅聚

2021 年 7 月 10 日

天赐良辰，晴暖氤氲，丹碧芙蓉。喜新村雅聚，京华四逸；翠竹婉绕，美景无穷。世外神仙，山中宰相，任我悠游老太公。关山远，妙眸青野阔，一览胸中。

稀年又过三冬。擎玉盏豪吟意趣浓。忆韶华逝水，休言虚度；烟云过眼，入句稍工。偕老相依，至亲兴会，更见云开雨作虹。从今后，倩流霞诗卷，闲伴疏慵。

莺啼序·故园重访喟尤深[1]

2021 年 8 月 22 日

久离故乡，旧地重游，物异人非，倍生沧桑之慨。用吴文英体填《莺啼序》一首记之。

---

[1] 词中依次写，忆故园之景，思故园之事，念故园之人，感故园之慨（用吴文英《莺啼序·残寒正欺病酒》体）。

依然柳烟袅袅，梦当年似幻。海棠绽、蔬果飘香，若见旧岁堂燕。近门处、悄悄寂静，霜音隐隐篱笆院。忆庭间、鸾凤和鸣，情醉携挽。

萤雪儿时，筚路蓝缕，也生堪忧患。展经纬、镜水石山，天高辽阔放眼。秀文章、风清气正；报国愿，水长山远。笑平生，鸡肋微官，烟浮云淡。

椿萱泽润，勤俭家风，心中如日暖。奋智勇、惊涛万里，迹履蓬瀛；雅室琴书，戏拈彤管。秋娘莫妒，芙蓉休怨，红梅冰雪凌空健。看神闲，艺海云舒卷。稀年许我，也学潘鬓飘萧，检点几桩尘念。

遐思遥渺，絮舞斜阳，更暮风抚面。去未忍、桑榆满眼，旧日吾庐，逝水流年，伤心一叹！春鸿并翼，婵娟同伴，乡愁常苦京华远，恰斯时、竟欲肝肠断。哪堪天子风流，儿女情长，英雄气短。

虞美人·海天红抹入眸鲜

2021年9月28日

　　遥山远水隔云暗，往事惊鸿断。梦残尤记伴毡寒，北海更悲蒙难滞南冠。

　　慈颜苦愿脱魔掌，故土东风壮。宇寰红抹入眸鲜，万里龙开胜境换新天！

断句顺读《虞美人》为《七律·海天红抹入眸鲜》：

遥山远水隔云暗，往事惊鸿断梦残。
尤记伴毡寒北海，更悲蒙难滞南冠。
慈颜苦愿脱魔掌，故土东风壮宇寰。
红抹入眸鲜万里，龙开胜境换新天！[1]

迎春瑞雪惹乡思

2022年1月20日

高卧京华午梦轻，迎春佳际会芳卿[2]。
琼姿缥缈梨花雨，雅韵翩跹柳絮风。

1　以上两首主题同为《晚舟归来》。正文顺读为《虞美人》，断句顺读为《七律》。
2　芳卿，指霜雪女神，青女。

燕岭巍巍添气象，龙江浩浩入丹青。
酬君此日同一醉，聊慰乡思未了情。

喜迎党的二十大胜利召开

2022年4月16日

旭日东风入岁新，飞船[1]气概动乾坤。
忧时雨[2]润南湖柳，济世星依北斗心[3]。
丝路[4]芳菲花绽锦，方舟浩荡义薄云。
安邦伟略人争奋，虎变龙骧满目春。

纪念延安文艺座谈会讲话八十周年

2022年5月27日

惊雷动地扫狂澜，壮岁回眸倍慨然。
擘画鸿猷挥锦翰，襟怀伟业吐雄谈。
艺坛双百民心振，程历八十步履坚。
鸦噪蝉悲逐逝水，春风词笔万红鲜。

1　飞船，指神舟十三号航天员凯旋。
2　忧时雨，指中共一大会议在南湖红船召开。
3　济世句，引杜甫"每依北斗望京华"句意。
4　丝路，丝绸之路，代指"一带一路"。

曹善雷 3首

曹善雷（1949— ），河北霸州人，中国科学院微电子研究所实验师。

辞旧迎新

落日余晖隐暮天，迟迟翻阅旧诗篇。
大江东去谁能返？新棹潮头笑碧川。

四季感怀

四季依时唤不回，春花怒放夏荷催，
寂寥萧瑟清秋后，斗雪凌寒独赏梅。

水调歌头·贺"天问"一号携"祝融"飞天

远古仰星汉，望断大鹏天。重霄高笋几许，琼柱水云间。盛世中华筑梦，"天问"探空星际，广宇漫寒烟。迢递远征渺，人类史无前。

火星旅，探空秘，敢争先。炎黄儿女，携祝融号闯穹天。乌托邦原漫步，全靠神州遥控，硕果喜频传，万国齐称赞，华夏亿民欢！

沈 颖 10首

沈颖（1949— ），辽宁沈阳人，中国科学院大学岗位教授，中国科学院文联副主席，曾任中国科学院监察审计局局长。

兰州重离子加速器冷却储存环竣工感怀

（中华通韵）

2008年7月29日

后世羲轩盛世花，巨环冷储振中华。
翔鱼原子寻新律，纵马恒星觅璧瑕。
龙跃九曲凭壮志，鹰巡百峻竞天涯。
心声但祈频加速，汩汩清泉惠万家。

参加上海光源国家验收会有感

（中华通韵）

2010年1月18日

三代光源甫运行，春风腊月醉申城。
水中鹦鹉浮洋面，天外飞碟落浦东。

神往心驰超世界,金睛火眼愈光明。
华年频奏工程曲,南北东西唱和声。

拜谒周恩来故居有感
（中华通韵）
2011年3月25日

春分携雨入淮安,更有春潮涌心田。
往事植根成翠柏,红梅一品忆君颜。
几多权贵成匆客,唯我公仆留宇寰。
总是乾坤伴日月,感思华夏非昨天。

登武当山
（中华通韵）
2011年4月25日

茂林迭岫谒仙山,大岳屈尊赠马鞍。
太子坡头观碧瓦,紫霄宫阙品佳联。
心随真武抚金顶,手挽三丰思古贤。
世事无情天有道,臻诚至善贯人间。

游甘肃崆峒山

（中华通韵）

2011年7月17日

暑赴平凉拜道仙，峰回路转九重天。
轩辕问道知寥廓，学者修身变圣贤。
吾辈登高增眼力，他乡远眺不凭栏。
小亭短憩茶湿梦，十二金仙聚六盘。

再登崂山[1]

（中华通韵）

2011年7月31日

二度临峰度暑闲，山光海色朗心田。
一川九曲龙吟赋，千嶂百回虎配弦。
时尚道家评新事，痴心古刹醉香烟。
留仙又作谁家客，忘却山茶和牡丹。

---

1 蒲松龄字留仙。相传他常以崂山为背景，对着山茶、牡丹构思优美的神话故事。

拜谒李白故居

（中华通韵）

2016年5月4日

青莲小镇拜青莲，似有涪江奏古弦。
村北清溪听杵训，陇西深院唱雄篇。
石台把酒邀明月，梦榻偕鹏巡九天。
何日诗仙回故里，绵州城内会才贤。

观摩中科院创新一号02星成功发射有感

（中华通韵）

虽憾胡杨甫卸装，却逢旭日正辉煌。
双星振翼凭天旅，一箭离弦信马缰。
国运昌隆尤感慨，创新重荷愈担当。
知雄莫忘从雌守，踏浪乘风竞帆樯。

访澳随感

（中华通韵）

五年两度澳洲行，碧海白帆若友朋。
三旅集贤寻澳宝，八仙联袂觅真经。

云霓拭面心胸阔，海韵迪思旋律明。
饱览人间沧桑事，痴期腊月沐春风。

游成都窄巷子宽巷子
（中华通韵）

倒转时空觅少城，且凭两腿溯蜈蚣。
青砖碧瓦三朝韵，户对门当五代经。
窄巷品茗将眺远，宽街把酒可含英。
八旗武士今安在，唯有长箫和蝉鸣。

许木启 4首

许木启(1950—),湖北武汉人,中国科学院动物研究所研究员。

早上好,中国
2020年9月

金肚白的天空飘泊着白云朵朵,
一群白鸽从头顶上飞过,
一抹朝霞染红了东方的天际,
晶莹的晨露挂满了金色的稻禾。
啊,早安中国,
啊,早上好中国。

山寨的炊烟袅袅轻盈婆娑,
群群牛羊漫步爬上山坡,
牧童吹响着家乡美妙的晨曲,
奔驰的列车在原野上轰鸣飞过。
啊,早安中国,
啊,早上好中国。

黎明前的星空星光闪烁,
百鸟在山林中悠然唱歌,
打鸣的雄鸡把大地唤醒,
沉睡中的雄狮已醒昂首腾跃。
啊,早安中国,
啊,早上好中国。

啊,中国,
我的祖国,
在你的生日到来的此时此刻,
我有千言万语要对你诉说,
千言万语汇成一首辽阔的歌,
我祝福你的麦穗永远金黄,
我赞美你那锦绣山川江河,
我祝愿你永远吉祥安康,
我祈祷你岁月永远静好,
天空飞翔和平安宁的和平鸽。
让温暖的春风吹拂你的笑脸,
让甘甜的雨露浸润你永远蓬勃,
让你朝气盎然永远年青,
让你鲜花盛开永不凋落。
从此你不再有灾难,
从此你不再有痛苦,
从此你不再有灾祸。

滚滚车轮碾碎一切魍魉鬼怪！
浩荡春风吹绿华夏每一个角落，
中华航船千帆竞发乘风破浪。
鲜艳的五星红旗，
在华夏神圣大地上，
高高飘扬永远飘扬一路高歌！
早安中国，
早上好中国。

拥抱春天的美丽
2022年立春

一场悠扬激昂的交响乐——
拉开了春天的帷幕，
一曲优美动听的乐章——
奏响了春天的序曲。
啊，我们看见了，
你披着华丽的绿衫，
正大步向我们走来，
你穿着孔雀的蓝衣，
向着我们挥手致意！

是的，你来了，

2022年的春天来了，
我们可闻到春的芳香，
我们可听到春的脚步。
桃红梨白，
小草露头，
春雨绵绵，
春潮涌动，
春风拂面春回大地，
百鸟歌唱春歌燕舞。
大地苏醒了，
万物开始萌动，
河流解冻了，
鱼儿跃向空中。
蝌蚪在小溪悠然摆动着尾巴，
燕子伸展着翅膀翱翔在天空，
蚯蚓探头伸伸懒腰爬出土壤，
蜜蜂在花丛中哼着小曲舞动。
布谷鸟叫了，
仿佛在催促人们春耕季节来临，
山桃花开了，
似乎是要把整个大地染得彤红。
山青了，
牧童奏响悠扬的短笛，
水绿了，

农夫正忙于春的播种。
孩童向着太阳绽放出灿烂笑脸,
老人迎着春风洋溢着慈祥笑容。
啊,春天,
你来得是那样匆忙,
匆忙得让我们来不及等候,
啊,春天,
你来得是如此璀璨,
璀璨得如同五彩缤纷彩虹!
砸碎寒冬的镣铐吧,
迎接温暖的光顾,
掀开坚硬的地壳吧,
让新的生命冲破冰冻的泥土。
吹响春的唢呐吧,
敲响春的腰鼓,
黑夜遮蔽不住黎明的曙光,
寒冬阻挡不了春天的脚步。
中华的车轮滚滚向前,
蚍蜉怎能撼动参天大树!
阴霾不可遮挡明媚的阳光,
寒冬过后是灿烂的姹紫嫣红!

朋友,
是春天了,

揩去你心酸的泪水。
驱散你心头的忧愁，
向着太阳放声歌唱，
汇入春潮滚滚洪流。
让我们拥抱春的美丽，
让我们谱写春的音符，
一起播下春的种子，
共同收获春的笑容。
啊，朋友，
让我们一起，
沐浴春的阳光，
迎着春风迅走，
唱着春天故事，
迈开春的脚步，
奏响春的乐章，
奔赴春的大路，
春——的——大——路。

蒲公英的风采

2022年5月

你是谁
你从哪里来

你的名字叫什么
你为何那样轻盈婆娑
你为何如此飘逸洁白

我问了草地中的蚯蚓
我问了花丛中的蜜蜂
我问了飞翔中的花絮
我问了孩子们的期待
啊，我知道了
你就是蒲公英
你担任着春天的使者
你展现了鲜花的风采

你从天上来
你从地上来
你来自春风的吹拂
你来自飘泊的云彩
你来自天涯海角
你来自九霄云外
是你把新的生命传播
是你把新的希望承载
是你让天空增添白云
是你使大地披上雪白
是你让春天谱写美的花海

是你使人间充满诗的色彩

啊，蒲公英
你伴随着春风飘扬
你沁润着春雨生长
你把握着春天气息
你沐浴着春光花开
无论天寒地冻
你依然把新的生命储存孕育
无论炎热酷暑
你依旧让新的花朵千姿百态
哪怕是悬崖峭壁
哪怕是戈壁沙滩
即使是荒山野岭
即使是贫瘠荒原
只要有薄薄的土壤
只要有点点的雨水
你都会深深扎下你的根系
你都会顽强繁衍鲜花盛开
你都会撑起你那银色的蒲公小伞
你都会展开你那飞翔的温柔翅膀
飘飘洒洒百折不挠岁岁年年
飞飞扬扬延续生命世世代代
用你那青枝绿叶装扮着春天的美丽

用你那金黄花朵点缀着春天的气派
是你的飞翔把未来憧憬描绘
是你的撒扬使生命彰显光彩

啊，蒲公英
我记住了你的名字
我留下了你的身影
我忘不了你的花絮
我欣赏了你的喜爱
我寻找着你花开花落的方向
我把你梦中的庄园揽入胸怀

我站在广袤的旷野上
遥望那漫山遍野的翠绿和金黄
那一朵朵迎风飞舞的蒲公英
好像一队队整装待发的小伞兵
它们将飘过那高高的山山岭岭
它们将飞到那遥远的村村寨寨

啊，蒲公英
你飞吧，你高高地飞吧
你飞吧，你自由地飞吧
我在这里呼唤着你的名字
我在这里等候着你明年再次飞来

盼望着你将故乡打扮得更加漂亮妖娆
期待着你把家乡装点得更加艳丽多彩

故乡的歌谣

2022年6月

一轮红日悄悄爬上山包,
一抹朝霞撒遍森林树梢,
一群大雁一字排开,
向着远方越飞越高。
啊,远飞的大雁请你不要飞走,
停下来听听我那故乡的歌谣。

在我的家乡山村后头,
有一条铺满霞光的长长小道,
在那小道的两旁,
簇拥着鲜花和绿色小草。
这条小道通向省城武汉,
通向首都北京,
通向世界各地,
通向天涯海角。

童年时我沿着这条小道,

紧紧地牵着妈妈的衣角，
踏上乡村的田野，
走向大山的怀抱。
当我松开妈妈的衣服摔倒，
妈妈轻轻扶起我幼小的身子，
擦去我脸上的泥土，
抚摸我流泪的眼角。
妈妈反复叮咛嘱咐：
"你还太小太小，
先学会走路　再学会快跑，
走路步步要踏实，
行路步步要踩牢，
今天摔跤不要紧，
防止今后再摔倒。"
啊妈妈，平凡而智慧的妈妈，
你那质朴的嘱咐和教导，
成为我一生做人的依据与信条。

时光把我带进少年的跑道，
背上妈妈亲手缝制的书包，
高高兴兴蹦蹦跳跳，
学校上课的钟声敲响，
将我送进知识的怀抱。
那令人难忘的少年岁月，

有多少有趣的往事把我环绕。
在河沟稻田，
一边抓泥鳅，
一边逮黄鳝，
一边捞鱼摸虾，
一边听着蛙鸣蝉叫，
好一副家乡美丽的容貌！
牧童骑在水牛背上，
奏响悠扬的短笛，
吹起呼唤的口哨。
还有那童年时的小伙伴，
一字排开站在河岸边，
一声口令一起往下跳，
一会儿仰泳，
一会儿潜泳，
一会儿蛙泳，
河水溅起朵朵浪花，
水中传出阵阵嬉闹和欢笑，
家乡的少年生活多么美妙！

花生熟了，
棉花白了，
稻浪滚滚，
麦浪涛涛，

喜庆的锣鼓响彻田野，
丰收的喜悦爬上眉梢。
满田荷花满田油菜，
满山柿子满山蜜桃，
好一派田园风光，
好一副山川美貌。
家乡你永远是那么奋发勤劳，
家乡你永远是那样美丽富饶！

远飞的大雁请你不要飞走，
停下来听我唱一曲思乡的歌谣。
纵然我离故乡如此遥远，
山高水长　路漫迢迢，
你却是我一生的眷念与依靠。
远飞的大雁请你慢慢飞走，
捎封信儿到远方，
祈祷天佑我故乡，
祝福家乡明天更美好！
啊，遥望天边白云悠悠，
远飞的大雁越飞越远，
远飞的大雁越飞越高，
越飞越高……

万玉玲　2首

万玉玲（1951— ），陕西周至人，中国科学院动物研究所研究员。

心灵的拷问

2021年7月1日

建党百年，
系列电视剧在展播，
伴随着一卷卷的揭秘档案，
一幕幕浴血画面在我眼前闪现，
一幅幅辉煌画卷在我脑海中连绵不断。
重温党史，
我被先辈们毁家纾难的精神深深震撼！
我一次又一次地拷问自己的内心：
如果是我，
面对屠刀和绞索，
我能否视死如归？
面对惨绝人寰的酷刑，
我能否守住党的秘密？

敌军围困万千重，
衣不蔽体炊断粮，
伤病在身，双腿浮肿，精疲力竭，
前路是九死一生，
我能否继续前行？
我无法振臂高呼：我能！
此时此刻，豪言壮语是那么空洞！
因为，我不曾亲历其境。
何其有幸，中国出了个毛泽东，
历史选择了毛泽东，
党和红军深陷危局却破局重生！
二十八年浴血路，
一无所有，却取得了全胜！
三十年新中国建设，
内是一穷二白，
外有帝国主义威胁，
还有累累重债，
凭一种亘古未有的精神和理想，
创造的辉煌不胜枚举！
我生长的时代已是赤旗飘扬，
从小沐浴着您的雨露阳光。
七十年未经历流离失所，
一生未遇匪患兵荒，
只有国泰民安康！

静心思量，
我在社会主义建设的火红年代，
也流过汗，
却不曾与您共历那炼狱般的苦难。
如今分享着您的灿烂辉煌，
有何憾，有何怨？
有何颜面诉苦难，谈饥寒？
叹人间，
选择性失忆！
多少大恩大德，
过后不记。
多少大是大非，
以一己而论。
人生路漫漫，
我已追随您四十六年。
大恩无以为报，
惟有忠诚到永远。

问月
2021年中秋

浩渺宸寰，繁星点点。
问讯蟾宫：

茫茫宇宙，
你我相守了多少年？
我们同处无际的空间，
我滋养着万物苍生，
为何却尊你为天上，
称我为人间？
你我以万有引力，
相互吸引，
你的柔力牵绊着我，
使我既无法靠近，
也不能远离。
你高高在上，
俯视着我的一年四季；
我遥遥相望，
欣赏着你的阴晴圆亏，
领受你引发的潮落潮起。
你时而展露笑脸，
时而以纱遮面，
甚至避而不见。
我日复一日地守望，
却只能在黑暗中一睹你的芳颜。
其实我知道你一直绕我转，
我们已经守望了45亿余年，
却从未敢牵手宸寰！

浩瀚的星空，
变幻的空间，
你我要坚守到哪一天？
八月十五，
月圆之夜，
人们称之为中秋佳节。
万物苍生仰望着你，
争相一睹你最美的容颜。
云舞星隐，
你依然那么美艳无双，清冷尊贵！

白 英 5首

白英（1952— ），北京人，中国科学院数学与系统科学研究院高级工程师。

采桑子·今日重阳

如梭岁月催人老，几度重阳，今日重阳，望远登高志气昂。

金秋最是风光好，七秩辉煌，百姓安康，戮力同心国富强。

欣闻全国农村脱贫
（中华通韵）

摆脱贫困史无前，众志成城攻克坚。
千载难题今破解，百年圆梦指弹间。
共同富裕康庄路，美好生活盛世缘。
持秉初心民固本，江山数代稳如磐。

庆祝中国共产党百年华诞
（中华通韵）

赤旗漫卷映神州，高举镰锤岁月稠。
不忘初心贫弱解，担当使命振兴求。
人民富裕通天径，蚂蚁猖狂遏巨舟。
建党百年新路启，共和圆梦固金瓯。

清平乐·五秩回首

五秩安度，回首来时路。插队下乡头一步，窑洞同吃同住。

飘浮年少谁无？红心锤炼粮蔬。千万知青共赴，志坚创业征途。

鹧鸪天·百年"五四"精神赞

列强瓜分国土残，炎黄学子拯家园。匹夫壮志兴亡计，民众雄图社稷安。

谋大业，靠青年，铁肩道义重如山。百年"五四"精神赞，再创辉煌克万难。

王双力 3首

王双力(1952—2022),北京人,中国服装研究设计中心设计师。

春潮

不论世界
如何薄凉
做一个温暖的人
手捧鲜花
向着未来
我们虽历尽坎坷
生命当依然
如潮水澎湃
热情不减
永不倦怠
纵使人生
充满悲苦
一路颠沛
总会留下

令人震撼的精彩
我们当依然
相信生活
掠过风雪
总有春暖花开
因为苦过
所以温柔相待

丁香赞

噢！清幽的花香
是盛开的丁香
啊！丁香
你没有高大的树干
坚强的臂膀
却以纤细的枝条
簇拥在林荫道旁
你没有桃花的美艳
梨花的清爽
浅浅的紫色便是
浓淡相宜的春装
啊！丁香
你从不争奇斗艳

恣意张扬
像脉脉含情的少女
在雄壮的白杨下躲藏
你那精巧的小花
诱人的芬芳
穿过人流
透过路障
默默洒满这
古朴宁静的街巷
我热爱丁香
每在路边穿行徜徉
不免轻轻放慢脚步
满怀期冀
吮吸这淡淡的花香

冬雪

冬天……
在岁月里沉睡
雪花……
仿佛在冬眠中
静静地回味
长夜的雪

像诗像画
像不凋谢的冰花

冬天是一个童话
寒风雪花
犹如琴瑟笙箫
御花奇葩
在凛凛大地
放歌舞袖
广舒盈霞

雪花……
是生命里
最坚强的花
是花朵中
唯美的绵帕

雪花……
总有坚强的风骨
可以傲寒挺拔
总有宽阔的胸襟
可以自由放达

你只有一个颜色

却让这个世界

领略无限风采

放眼旷世光华

赵 扬 8首

赵扬（1952— ），内蒙古乌兰察布人，中国科学院理化技术研究所研究员。

九江[1]

2005年10月

湖北江南通九地，物丰人杰在排头。
庐山飞瀑惊飞鸟，彭蠡[2]波涛荡小舟。
白鹿洞中寻古韵，浔阳楼上忆春秋。
天公设景迎宾客，岁月风云汇巨流。

浪淘沙·示丹儿

2007年6月12日

村里稚声扬，天与吾商？可心有了小姑

1　九江位于鄱阳湖之北、长江之南。
2　彭蠡系鄱阳湖旧称。

娘。细语呢喃呼爹妈，喜乐无疆。

翘首眺南邦，攻读临窗，江边城邑育新凰。几度秋风来去也，浩宇飞翔。

沁园春·中秋抒情
2008年中秋

丽日秋风，月桂芬芳，屹立岭巅。一任心潮涌，刹那天际。南游北旅，望月儿圆？域外同胞，西风久沐，曾记家乡饭菜鲜？情和爱，睡梦中萦绕，常把人牵。

逢佳节倍心悬，不禁咏吟多少美篇。慕楚辞汉赋，蕴幽意远，苏辛李杜，如拨丝弦。元曲民谣，斐然吐艳，最是缠绵夜不眠。毋难忘，女子摇篮曲，情刻心间。

采桑子·观火焰山
2010年8月

远观百里红山石，热浪几燃。难觅生源，试问谁能忍此煎？

悟空[1]狂扇余犹盼,风起云卷。招引蝉鸢,还个生灵凉爽天。

采桑子·日月山[2]

2012年7月

抬头望雪山之下,绿草如茵,牛马成群,散落毡房天际云。

回眸看沃饶之上,阡陌耕耘,鸡叫司晨,聚集农家结近邻。

临江仙·元宵节有感

2018年2月21日

久住燕京经世变,民风俗美风[3]淘,难寻壮汉抖幡飘。哪儿有庙会?何处看高跷?

问我儿时林妹妹,家乡依昔如韶?万人空巷闹元宵。雪随风慢曳,心浪上天桥。

---

1 悟空,指《西游记》中的孙悟空,为过火焰山曾向铁扇公主借芭蕉扇。
2 青海的日月山是青藏高原与黄土高原的界山。
3 美风,指美欧之风俗。

采桑子·贺建国七十周年

2019年

风云激荡书奇迹,七秩春秋。浪上飞舟,与那群雄争上游。

欲要四海同凉热,共挽丝绸。携手寰球,彼此无间竞一流。

我们与共和国一同成长
——为庆祝新中国成立七十周年而作

2019年9月

我们是多么地幸运,
幸运地与共和国一同诞生。
我们的第一次啼声,
就伴随着毛主席在天安门城楼宣告,
中国人民从此站立起来的洪亮声音。
我们第一次睁开眼睛,
就看见五星红旗迎风飘扬,
和平鸽在蓝天自由地飞翔,
爸爸妈妈获得新生的幸福脸庞。
我们刚刚迈着蹒跚的脚步,
扑面而来的就是百花盛开的芬芳,

报捷的锣鼓声在耳畔不停地回响。
我们系着鲜艳的红领巾，
在炼钢炉旁看钢花飞溅，
在一望无际的田野看麦浪翻滚。
在我们清脆的歌声中，
祖国的第一辆汽车、第一台拖拉机，
在南京长江大桥飞驰而过；
大庆油田的滚滚油流，
推动着祖国日夜不停地奔跑；
祖国的第一架战机，
腾空而起守卫着祖国的蓝天；
祖国的第一艘万吨巨轮，
迎风破浪驶向辽阔的海洋。
我们还记得是怎样涌上街头，
去抢看两弹一星成功的号外公报。
祖国所取得的每一个第一，
祖国所创造的每一个奇迹，
让我们激动的心情，
至今还常常涌上心头。
……
我们是多么地自豪、多么地幸福，
我们与共和国一同成长。
在机器轰鸣的工厂，
在稻谷飘香的农庄，

在守卫祖国的边疆，
在教书育人的课堂，
在祖国的行行业业，
都有我们忘我奉献的身影。
无论是在天涯还是在海角，
在祖国的每一寸土地上，
都浸透着我们的汗水，
都荡漾着我们的欢笑。
光辉的毛泽东思想，
就像阳光就似雨露，
哺育着我们茁壮成长。
我们和英雄的共和国一道，
面对惊涛骇浪、面对艰难险阻，
我们没有退却、我们没有沮丧，
只有必胜的勇气、坚定的信念，
和崇高的共产主义理想。
我们越过了一个又一个急流险滩，
战胜了一个又一个困难，
取得了胜利创造了辉煌。
我们在祖国的一张白纸上，
绘出了世界上最新最美的画卷。
在我们的征程中，
无论是鲜花遍野还是荆棘丛生，
都没有一刻迟疑、没有一刻停留，

我们的脚步始终与共和国同行。
在改革开放的大潮中,
我们初心不改、矢志如一,
向着新的高峰、新的征程前进!

我们是见证者、我们更是参与者,
伟大的中国特色的社会主义祖国,
犹如一棵幼苗已经长成参天大树,
万条细流已汇成汹涌澎湃的长河,
一盘散沙已铸成坚不可摧的铁壁铜墙。
任人欺凌的民族已巍峨屹立东方,
积贫积弱的祖国日益繁荣昌盛,
共和国人民的梦想正稳步实现。
我们有千万个理由自豪,
我们有千万个理由骄傲,
我们,是我们与共和国一同成长!

白春礼 9首

白春礼（1953— ），辽宁丹东人。中国共产党第十九届中央委员会委员，中国科学院院士，美国国家科学院、俄罗斯科学院、英国皇家学会、欧洲科学院、发展中国家科学院等国家和地区科学院院士或外籍院士，曾任中国科学院院长。

复北大许智宏校长信
2006年

2006年当选美国国家科学院外籍院士后，回复北大许智宏校长的祝贺信。

漠南风卷守边隘，半把锄犁半挽弓。
最喜燕园春意早，忘忧十载塔湖中。
镜台[1]岁月无寒暑，纳米[2]乾坤有始终。
往事悠悠谈笑里，心香寄寓未名崇。

---

1 镜台，代指笔者研发的扫描隧道显微镜。
2 纳米指纳米科技。

六万精兵竞率先[1]

（中华通韵）

2016年10月

才送悟空腾霄去，复迎实践驾鸿还。
蟾宫玉兔方圆梦，天眼苍穹欲觅源。
墨子星光传隐态，潜龙海斗探深渊。
创新骁将争先导，六万精兵竞率先。

与友相交15年记

（中华通韵）

相识相交十五载，东瀛学府作香台。
桃园兄弟亲情久，科海知音厚爱栽。
岁月有痕多奋勇，风云变幻未徘徊。

---

[1] 这首诗被选为中国科学院文学艺术联合会《科技脊梁》系统影视短片同名主题曲歌词。"悟空"是中科院研制的暗物质粒子探测卫星，"实践十号"是中科院研制的返回式微重力科学实验卫星，"玉兔"月球车上8台科学仪器，中科院研制7台，"天眼"是中科院研制的世界上最大（500米）口径球面射电天文望远镜，"墨子"是中科院研制的量子科学实验卫星，"潜龙"和"海斗"号分别是中科院研制的4500米和万米级"自主遥控水下机器人"，"先导"是中科院于2011年开始实施的先导科技专项，"率先"代指中科院2014年实施的率先行动计划。

高山流水送春意，不负凌霄万丈才。

《风雨晴明》序一
（中华通韵）

击涛科海五十年，笑弋环流敢问天。
行旅抒怀歌锦绣，平居励志唱团圆。
诗词百首声声切，歌赋千行意意绵。
华夏钟情伏枥志，诵吟八载看新篇。

满江红·《风雨晴明》序二[1]
（中华通韵）

乙丑年春月

华夏沧桑，同风雨、并肩接踵。闻天下、先生卓绩，奇峰高耸。耿耿为国明赤胆，请缨老骥豪情重。踏歌行、几度舞金戈，真英勇。

---

[1] 曾庆存先生《风雨晴明——华夏钟情续集》将付梓，嘱余作诗为序。余才疏笔拙，几番踌躇，遂以拙作两首为《续集》补白，聊表祝贺与敬佩之意。曾庆存先生从事气候理论和数值天气预报工作五十余年，《续集》中分"行旅吟"和"平居杂咏"两大部分，历时八年写就。

科学奖，人叹咏；诗词赋，心潮动。依自强厚德，唤起徒众。学富才高激后进，情投气顺争相共。赞声中、夕照晚霞红，青春颂。

西江月·昆山觅山

2021年5月

何处昆山高耸？却看淞水波澜。[1]昆仑俯瞰众峰叹，逐鹿中科超算。[2]

甲胄岂能解下，弩弓夙夜钩弦。踏过峰顶[3]见辽天，快马怎生安歇？

贺钱鑫李蕾新婚

（中华通韵）

谱系百家居榜眼，万千姓氏数魁元。

---

1 昆山地势平坦，只有一座海拔80米的小山。淞水系指吴淞江，昆山超算中心位于吴淞江北岸。
2 昆仑代指昆山的昆仑超级计算机。中科系指中科可控公司，致力于研发超级计算机。该公司研发的昆仑超级计算机运算速度超过美国的"顶点"超级计算机。
3 峰顶代指美国的"顶点"超级计算机。

雨田芳草李宅女,金字堆叠钱户男。
合卺嘉盟联玉璧,蕾鑫相慕缔良缘。
爱河永沐初心始,科海同游一线牵。

波密桃花
(中华通韵)

波密春来知几分,桃花千树掩柴门。
才离羞女峰头雪,又入江南嘎纳村。
雍布拉康何处觅,藏河沿岸草如茵。
歌罢策马帕隆去,壮士无人惧远尘。

远逝

爱人去世一年后的冬天,出差在外,夜不能寐,含泪就笔,以志怀念。

当冬雪飘至的时候,
再一次想起你的音容。
你在那里会不会孤独?
你在那里会不会寒冷。
多想能为你送去寒衣,

多想能把你拥入怀中。

当春风又度的时候，
你再一次走入我的梦中。
依依的垂柳如你的腰肢，
脉脉的桃花是你的笑容。
多想再一次牵起你的手，
多想再一次沿湖岸踏青。

当夏雨淅沥的时候，
又想起你那深情的琴声。
那是你细致入微的体贴，
那是你刻骨铭心的柔情。
多想我的爱能向你回馈，
多想我的情能穿越时空！

当秋露降临的时候，
又想起你那忙碌的身影。
为小家你无怨默默操劳，
为大家你无悔戴月披星。
惟愿你能够安心地入梦，
我无尽的思念脚步轻轻……

岳爱国 4首

岳爱国(1955—),北京人,研究员级高级工程师,曾任中国科学院院属企业党委副书记、副总经理。

春

面对喋喋不休的美誉
你一个优雅的转身
旋即匆匆离去
因为你的夏、秋、冬三位老弟
都在排队静待
等待着你的完美开局
你心里明镜似地知晓
光靠那些华而不实的恭维
无法替代精准到位的春华
更无法赢得未来秋实业绩
时间不等人
决不能因为自己的虚荣
而错过了最佳节气
你去忙碌了

忙着催开许许多多的花
因为在每一朵花的蕊里
都种下了一个好梦的开局

夏

春是对你的铺垫
秋是对你的检验
冬是对你的反哺
你是四季中孔武有力的男子汉

你有着承前启后的担当
你用百倍的热情
在春秋之间劳碌奔忙
春播下的梦因你而发芽而成长
秋的希冀在你的摇篮里快乐包浆

秋

有人说
你是一片飘零旋坠的树叶
也有人说

你使人们充满了无尽惆怅
呵，这都是盲人在摸象
一片轻飘的落叶
尚无法担承起季候的重任
再多的惆怅
岂能承载你满是责任的担当
真正的你要完成对春的承诺
更要实现夏的期望
虽然你也会平添几分萧瑟
但更多的是童话般的色调
还有那澄明般的无尽爽朗

冬

因为有了夏的炎热
故冬是寒冷的
因为有了秋的富足
故冬是温暖的
因为有了对春的期盼
故冬是短暂的

因为有了与夏的对比
故冬是洁白的

因为有了秋的丰腴
故冬是懒散的
因为要迎接春的到来
故冬是娇羞的

冬是时间咏叹调的休止符
冬是马拉松长跑的必要补给
冬将树木的年轮雕刻成一轮满月
冬将时间的接力棒
完美地递给了下一个四季

宋燕琳 4首

宋燕琳（1956— ），北京人，北京阀门研究所日本语翻译。

初秋赏月季

不语两相看，花枝宿露光。
围栏香四溢，月季满庭芳。

观雨听荷

亭畔观荷细雨中，盈池碧玉弄芳丛。
甘霖点点琼珠落，自度宫商醉绿红。

无偿捐献祖父宋紫佩遗物

沉默先贤逝，寡言更觉尊。
捧心承祖训，捐物慰忠魂。

志守梅兰骨，香生草木根。
珍书几代传，留得世人存。

摊破浣溪沙·陶然观雨荷

昨日荷塘细雨间，清风梳掠绿裙翻。菡萏陶然醉听鼓，玉珠弹。

移棹花间寻旧梦，留香故里叹随缘。行到吹台思故友，倚栏干。

罗雨笙 4首

罗雨笙（1957— ），湖南浏阳人，中国国家博物馆馆员。

咏春

东风拂面百葩开，姹紫春红天地栽。
蜂蝶晓莺撩柳幕，杏松疏雨润瑶台。
山峦苍翠灵源出，瀑布银泉圣水来。
七色虹光收眼底，人生惬意任施才。

咏夏

杏蕾初凝锦绣枝，莲根半吐藕知时。
小桥碧水荷花美，细柳柔风鸟语诗。
日朗鸿飞松伴瀑，渊深龙舞雨醒池。
参天古木拥高志，遍岭奇葩促道为。

咏梅

傲雪冬枝情至性,百花凋尽朔风吟。
冰霜玉树自成趣,风雨红花独抚琴。
点点梅葩贤圣敬,悠悠君子古今钦。
暗香扑面群芳妒,化作春泥更护心。

咏菊

韬光养晦不招摇,庭院园林谁寂寥?
史有陶公夸菊绽,今多君子效花潮。
山中隐者真名士,世上高仙独法桥。
淡雅清寒人敬重,功夫德艺普天昭。

郑培明 6首

郑培明（1957— ），北京人，中国作家协会会员，中国科学院文联副主席、中国科学院作家协会主席。原中国科学报社《科学与文化》周刊主编，主任编辑。

人月圆·咏嫦娥工程
（中华通韵）

古传琼宇嫦娥舞，寂寞夜难眠。今人探望，诗缘千载，怀梦终圆。

飞心乘箭，直冲霄汉，绕落回还。桂香裳羽，珍稀月壤，捧入家园。

满江红·科技抗疫
（中华通韵）

庚子除夕，封武汉，疫情凶险。科技界，勇敌新冠，迅急参战。夺秒争分肩使命，直击灾祸擒魔魇。溯毒源，攻克疫苗关，冲前线。

平台网，通畅链，析数据，资源选。救援

新技术,雪中薪炭。只为人间消病患,呕心沥血悬尝胆。不放弃,集智必须赢,除危难。

青玉案·元宵灯会
（中华通韵）

圆明元夜春风度,更散落,灯花树。人影攒丛蟾魄路,测谜音浪,近超级月,恍若天宫步。

桂飘香漫嫦娥舞,玉兔跃,吴刚附。脆响爆竹惊醉慕,梦魂回转,嫣红姹紫,忽落重霄瀑。

科学开创美好未来

时光流逝,年轻的太阳系,
每天都在飞速地旋转。
茫茫宇宙,寂寞无边,
我们何时去拜访银河,
还有河外星系的远亲近邻,
乘着光速飞船周游星空浩瀚?
太阳风吹拂着彗星的长发,
岩石圈的漂移裂解与循环,

地球板块的碰撞与聚合，
正激起火山与大海的呐喊，
在狂热与冷缩之间，
又将凝聚成多少丰富的矿产？

但我们已懂得不再向地球掠夺，
未来人造能源和清洁能源，
要还给地球一片纯净的蓝天。
万物生灵和人类和谐共存相依相伴，
森林花草的美丽画卷在大地上铺展，
江河湖海亦如我们的心灵一尘不染。

未来我们将击退癌症的疯狂，
我们将战胜各种病魔的凶残。
人类基因图谱已经绘制完成，
揭示出生命的奥秘和遗传语言，
医学进步呵护着人类健康长寿，
风花雪月不觉得已百年光阴荏苒。

未来人工智能会超出我们的想象，
信息高速将追随我们多变的心愿。
人类智慧生发出无穷的光能和热能，
微观和宏观世界的钥匙在火花中锤炼。
谁能丈量科学技术将走得多远多远？

谁能描绘美妙未来会怎样如梦如幻?

每一束科学之光都发自我们的心灵,
如点点萤火驱逐人类探索的黑暗,
这点点萤火已汇聚成千万束科学之光,
必将照亮和开创无限美好的明天。

结识"花伴侣"

每当陌生的花朵映入眼帘,
我多想知道你的芳名,
可我不知去哪里寻觅,
只能把无缘相识的遗憾留在心底。

欣喜植物研究者发明了"花伴侣",
五千种花卉在中国植物图库欢聚,
我终于有了打开花卉宝库的钥匙,
从此奇花异草成了我的红颜知己。

我拍摄花卉珍惜每一次相遇,
开启识花神器探究美丽的秘密。
当洁白的鸽子花跃跃欲飞,
"花伴侣"告诉我那是珙桐,

是国家珍稀保护植物的延续。
瓦屋山是鸽子花的故乡，
水青铁杉红豆杉形影相依。
每当轻风吹过树梢，
鸽子花都张开双翼，
把和平的心愿向远方传递……

"花伴侣"成了我心爱的伴侣，
陪我走过森林花海山川大地。
我呼唤着每一种花草的芳名：
海菜花，随波逐流水扬花，
茑萝花，酷似帽徽红五星。
凌霄花，攀援向上吹喇叭，
虞美人，茎摇花舞袅婷婷。
棕榈果，红绿珠串树腰裙，
蒲公英，风送籽飞遍野情。
秋葵花，五彩斑斓攀茎俏，
粉黛乱子草，无边深秋醉酥心。
贝母兰，高山空谷飘幽香，
红萼苘麻，红衣黄裙坦赤心。
郁金香，花语博爱彩酒樽，
紫藤花，紫气盈架绘光荫。
栾树花，聚伞黄花爆满枝，
合欢花，纤秀绒花柔情真。

紫薇花，痒痒树谱雨中曲，
波斯菊，栩栩粉黛秋光煦。
柳叶马鞭草，浩瀚紫球花茎挺，
白色玉簪花，俏插螺鬓清香溢，
大丽花，风姿绰约靓雍华，
滨玉蕊，少女发髻盘彩丝。
红鸟蕉，黄冠红翅翘首望，
炮仗花，火红花串燃春季……
就这样我徜徉在鲜花的海洋里，
美醉在大自然的书香里。

椰树与大海

秀发披肩，
椰树把柔美的曲线，
弯弯地垂向海面。
海水湛蓝，
翻腾的浪花，
伸出手臂，
够啊够啊，
怎样也够不到。
那份魂牵梦绕的期盼。
新月在蓝天微笑，

礁石在远处窥探,
只见大海气喘吁吁地踮着脚尖,
一次又一次,
把涨潮的热望铺向沙滩。
起风了,
椰树终于忍不住俯下身来,
羞怯怯地用纤纤手指,
试探着海的深浅……

袁亚湘 10首

> 袁亚湘（1960— ），湖南郴州资兴人，中国科学院数学与系统科学研究院研究员，中国科学院院士，发展中国家科学院院士，巴西科学院通讯院士，全国政协常委，中国科协副主席。

卜算子·桂林

1996年7月10日

1996年7月在桂林参加基金委数理学部青年基金获得者学术交流会，与陈志明、罗钟铉、吉敏、曾金平等人夜游伏波，晨访叠彩山，有感而作。

夜闯伏波山，晨探明峰岭。喜与精英漓江游，共赏天堂景。

豪杰齐攀登，志上群峰顶。圆我中华数学梦，再把勋功庆。

浪淘沙·自评估实验室

1998年3月11日

陋室座无空,跃虎腾龙。科工计算舞春风。苦炼三年成果硕,告慰冯公[1]。

寂寞探高峰,乐在其中。攀登无止劲休松。快马加鞭一载后,再报新功。

卜算子·香山科学会议

2000年4月25日

在香山参加第139次香山科学会议,讨论物质转化中的多尺度问题。

院外风摇松,枝叶悠悠舞。粗细宏微多尺度,争咏无章曲。

众仕论时空,数理和生物。鼎立三足齐头进,共响创新鼓。

---

1 冯公,指著名数学家、中国科学院院士冯康(1920—1993)。

满江红·壮志未酬

2001年12月20日

四十余二,衣渐窄、鬓霜初露。今回首、硝烟历目,激情羞诉。江畔磨刀千仞利,河边试箭三旗竖。所早立、但未就功名,惭朝暮。

挥麾鼓,深谋虑,兴科教,长征路。待扬威遵义,扭乾坤柱。日耀必驱遮地雾,山高终育参天树。争浪漫、潇洒傲全球,前无古!

破阵子·登高

2005年8月11日

天矮云白雪映,湖高水碧山迎。亿万牛羊十里阵,三五毡篷一字营。藏童歌牧声。

忙碌往时心重,逍遥今日身轻。既可运筹天下事,何虑如烟死后名。喜无银发生!

浪淘沙·访歌德故居

2010年5月29日

油画刻凝思,剪纸签痴。古钟旧历忆当

时。墙上名言流水伴，巫术谁知？

维特九天栖，绿蒂娇姿。无猜无妒永相厮。哪似人间情砌恨，烦恼成诗。

感怀

2015年12月3日

科峰揽胜须登顶，学海飞舟应满帆。
精彩人生优化道，神仙羡慕欲归凡。

陪女儿登妙峰山

2017年4月22日

妙峰古殿五娘宫，玉帝金辉紫气东。
清匾辽楼英烈树，明祠旧寺大铜钟。
荒村小店农家乐，绿草蓝天野枣红。
壮美江山谁守望，折腰建业立勋功。

庆祝建党百年[1]

2021年7月1日

金瓯破碎寇横行，德赛[2]当时作鼓声。
十月炮隆传马列，秋收枪响起群英。
初心勿忘勤求索，使命长铭奋远征。
建业创新人不老，葵花向日看旗旌。

登西山

2021年11月6日

长云舒卷漫高台，细雨连绵洗茂材。
叶落不知寒露老，雪飞始觉冷冬来。
花溪曲径闻风语，鬼笑怪崖观雾开。
永葆平生蹚险志，要将勇毅胜心衰。

---

1 今日有幸被邀参加在天安门举行的建党百年庆祝活动。
2 德系指德先生，德为英文民主（democracy）的音译简称；赛系指赛先生，赛为英文科学（science）的音译简称。

胡 非 3首

胡非(1962—),湖南常德人,中国科学院大气物理研究所研究员。

一剪梅·乡恋

月照家书纸更凉。三页文章,千页情长。春风醉我梦潇湘,山正苍苍,水正茫茫。

何日归来抚断墙?江畔垂杨,湖畔鸳鸯。天涯孤旅愿难偿,眉上秋霜,脸泪诗行。

步曾庆存院士绿竹芭蕉赞韵奉和二首

其一　绿竹颂
不随众艳斗芳华，献绿相扶为大家。
夜里思亲难禁泪，七旬暗落半春花。

其二　芭蕉颂
躯直头低蕊紫红，梅兰羡尔叶阔浓。
竹菊也被诸家赞，幸有曾师诉未公。

林 平 9首

林平（1963— ），江苏南京人，北京科技大学、英国邓迪大学教授。

中秋感怀

2007年10月7日

一番瓢泼雨初驯，海阔云稀现玉轮。
影伏霜丛怀寂寞，光流老屋惹怜珍。
不经离别难知酒，唯注友情方谓醇。
遍请乡朋开夜宴，今年又少去年人。

雨中郊行

2021年5月24日

英伦五月暖仍奢，犹著风狂扫落花。
浅圃深庭红点点，新藤老舍绿斜斜。
行将雨去消浓雾，更有云来伴霁霞。
青草池塘随处见，何时再听故园蛙？

科学计算

数据纷繁智学通，
飞船搭箭辟鸿蒙。
每闻科技沧桑变，
辄记模型计算功。
时耗误差求更小，
剖分离散断无穷。
编程致用多般艺，
"云"上新生并网风。

离别

云抹辽天翠岭南，别情如絮满春潭。
君行千里无相送，一粒青梅路上含。

登中山陵

翠岭回环地，高陵久负名。
长阶连雾渺，斜日照檐清。
俯仰千秋义，沉浮几代英。

遥看钟摆处[1]，络绎有人行。

点绛唇·郊外徒步

云卧山低，乌鸢自乐乡间树。草青庐素，粉陌溪桥度。

春末心情，谁道愁无数？登高顾，菜花田布，风展黄稠舞。

临江仙·登崂山巨峰

滚滚波涛东海上，横空壁立云昂。昔年仙道隐何方？雾峰频变幻，神笔任铺张。

峭拔嶙峋高路远，徐行余力悠长。回岩树霭挡风光。直当临绝顶，驰目自无疆。

朝中措·登黄鹤楼

重楼飞翼耸云霄，极目楚天遥。山锁苍江

---

[1] 中山陵自由钟造型，钟摆处为陵下圆形广场。

折练,风吹白雾迷桥。

倚栏怀想,故人何处?船影迢迢。旧日时光难再,一如黄鹤踪消。

浪淘沙·《我和我的祖国》"相遇篇"观感

荒漠有尘沙,也有云霞。伊人一别隔天涯。征赴国防机密任,奉献芳华。

三载苦寻查,卿在谁家?岂知历变已身差。相遇怎堪言认错,说爱何奢?

赵宇亮 4首

赵宇亮（1963— ），四川南充人，中国科学院院士，国家纳米科学中心主任、研究员。

蝶恋花·赠师友
2018年元旦

叶茂根深知几许？浇灌无声，春雨和秋露。有幸得君撑伞助，夏风冬雪皆无虑。

曾惑科学何处去。无问西东，世事多弯路。十字街头君不负，人生从此无虚度。

沁园春·盛典春秋[1]
（中华通韵）
2019年10月10日

盛典春秋，岁月峥嵘，不忘始终。令蛟龙

---

[1] 今日在天安门城楼观礼台参加共和国成立七十周年盛典。

入水，喷发巨浪；嫦娥飞月，快递东风。蒿素呦呦袁隆国稻，史笔千秋旗更红。脱贫困，五千年祈盼，今日成功。

春风浩荡繁荣，在吾辈埋头苦干中。喜长城内外，良才攘攘；大江南北，杰俊拥拥。挥剑英雄，斩妖当道，何惧西风撼巨蒿。乾坤转，复兴泽天下，登顶珠峰。

科学欲作擎天柱

（中华通韵）

2021年5月1日于广纳院

时光如炬更如梭，沧海扬帆任浪多。
日日奔波身似客，天天劳动影婆娑。
科学欲作擎天柱，成果须出撼月郭。
广纳[1]梦圆国强盛，邀君把酒醉相酌。

1　广纳，指广州纳米科技创新研究院。

破阵子·牢穿防护衣

　　武汉病毒汹涌,封城惶恐隔离。未进家门重返岗,医护人员迎战急。白衣胜禹里[1]。

　　汉武秦皇何比?唐宗宋祖熊黑[2]。千古风流今莫属,碧血丹心生死敌。穿牢防护衣。

1　禹里,指大禹故里。
2　熊黑,指武汉当时疫情蔓延。

张映桥 3首

张映桥（1985— ），四川剑阁人，高等教育出版社高级编辑。

在嘉兴南湖红船前的情思

为了大地的躬耕者
能享有全部的收成
为了做工的碌碌劳苦的庶民
能换得饱暖、有处容身
为了国家的权柄
不被人父传子、子再传孙
为了这文明的星火
能熠熠不灭，永世长存

在一百年后
在九月微风中的黄昏
我们走进你们的历程
虽然，时光已经久远
虽然，只有模糊的身影

也许只有这奔跑的孩童的欢笑
以及无边的绝色的风景
能答复与告慰
那些热血
那些青春!

在科学人的墓碑前二首
——向在科考路上长眠的科学人致敬!

出差途经某处科研院所,听闻几十年来在科研中有无数人献出生命。伫立墓碑前,想到更多在"两弹一星"等一系列重大科研项目中献出了毕生心血甚至生命的科学人,不禁思绪万千,感慨良多。因而撰两诗,以志不朽!

其一
也许是又接下了什么秘密工程
所以这样寂寂无言、肃穆安静
也许是又领下了什么特殊使命
所以这样轻简行囊、队列规整
那么,请一定告诉我
这民族是怎样挺直的腰身
请告诉我,这国家是如何走进的光明
是谁将东方的睡狮唤醒

是谁将五千年的火种传承
是谁令九万里铁轨上高铁飞奔
是谁让这大地有了探望星空的眼睛

你们无言,无言在松柏的簇拥里
密密的树木就要将你们遮隐
你们无言,无言在石碑后四季的流光里
几行短短的碑文算作你们青春的证明
伟大的你们啊,荣光属于你们!
荣光属于你们!
你们是观星的张衡、造桥的李春
你们是造纸的蔡伦、印刷的毕昇
你们是割圆的刘徽、分水的李冰
你们是从医的华佗、采药的李时珍
你们是祖先梦想的孑遗
你们是古今一切伟大灵魂的重生

我知道,你们不是他们的重生
你们只是普通的父母的儿女
是一个个孩子的父亲、母亲
你们只是平凡的劳动者
是千百万分之一的普通的炎黄子孙
在都市的一隅
在遥远的没有名字的乡村

在无人的荒原

在塔里木河与孔雀河交界的沙漠古城

阳光下还有你们年轻的脚印

朔风里还有你们曾经的身影

你们活着是为了他人更好地活着

你们死去是为了这民族更好地生存！

不屈的脊梁啊

永不坠落的雄鹰！

没有比被人民牢记更大的祭礼

没有比被人民怀念更高的崇敬！

放心吧，前辈！

科学的大旗

已经顺利交给了新一代的科学人

年轻的科学人已经肩起了时代的重任

在草原的尽头，在雪山的峰顶

在西域的茫茫戈壁，在北疆的密密丛林

几十万的科学人

在勘察、探测、奋斗、攀登

在大洋的水底，在南沙的海滨

在蛟龙的舱室，在嫦娥登月的指挥中心

几十万的科学人

在开拓、进取、求索、创新

几十万的科学人，就有几十万的拳拳赤诚

几十万的科学人，就是几十万的战斗雄兵
几十万的头颅里也有你们当年的壮志
几十万的血液里也有你们罗布泊的余温！

歇歇吧，前辈！
人民的事业
史无前例的光明！
致敬！向伟大的开拓者！
致敬！向伟大的科学人！
你们！

其二

怎么才能追上
你们远去的身影
和那些匆匆的过往
怎么才能铭刻
这别后的思念
和那长长的忧伤

那是一次惯常的踏查吧？
你们一定也知道
这脚下贫瘠的土地
就要因蕴藏的无尽的宝藏
一改亿万年的荒凉

人们也期盼着，你们
快些回来，分享这一次次的硕果
讲讲，那一路上的雨雪风霜

不曾想，后来这样
也不曾想，有无数的科学人
继承了你们的衣钵
完成了你们未竟的理想
虽然死神禁锢了你们的躯体
但浅浅的三尺黄土
又怎能禁锢
你们自由的灵魂、伟大的志向

此刻，你们一定
一定又背着行囊
在大漠和草原的深处
在雪山和森林的近旁
即使骤雨，纵有疾风
不曾停歇，因为你们
要去最需要的地方

跋

　　本书从立项、确定编辑体例、联系出版、资料收集、作品审阅、作品筛选、诗词选编辑到最后定稿历时一个半月。在这一个半月里，编委会紧张而有序的工作成果，就是汇集了六十九位作者的近四百首诗词。基于诗社的历史和现状，作品的收集工作主要以两种方式进行：其一，对于已故和年事已高或其他原因多年来未能参加诗社活动的老社友，其作品主要从目前所能够收集到的诗社历年来编辑的《中关村诗苑活页诗选》、社友们刊登在内部出版物的作品中收集。在收集作品过程中，除了注意其思想性和文学性之外，也着眼于作品反映生活的丰富性和创作体裁的多样性。特别应该提到的是，对一些老社友，因缺乏其相关资料，一时难以查寻因而未能收集他们的作品。对此，我们深以为憾。其二，对于能够经常参加诗社活动的社友，以社友自愿按照诗社编委会的投稿要求自荐作品的方式进行收集。编委会对所有收集到和征集到的作品，认真审阅，严格把关、筛选，力争在有限的篇幅内使入选的作品能够比较全面地展示诗社三十几年来的创作状况和水平。请未能入选的社友和自荐作品未能全部入选的社友对此给予理解和支持。诗社历史较长，在短时间内将资料收集齐全比较困难，因此难免会遗漏一些优秀作品，望社友们见谅。

我们由衷地感谢负责格律诗词和现代诗收集、审阅、筛选的编委。他们高度的责任心、一丝不苟的工作态度和所做出的一切努力是本书整体品质的可靠保证。

感谢本书的责任编辑李茜同志，以其饱满的工作热情和高度的敬业精神投入本书的编辑工作。她的一切努力，无疑为本书增了光添了彩。

我们相信本书的出版，必将激励和促进我们更加热爱祖国优秀的传统文化，努力创作出更多更好的作品，不负我们所处的伟大时代。

赵　扬

2022 年 7 月

北京　中关村

附录

中关村诗社（中科院诗词协会）简介

中关村诗社即中科院诗词协会，为中科院文联和中科院老年文联下属协会。诗社由老红军孙克定及王绶琯院士、许国志院士、曾庆存院士等老科学家发起，于1989年10月成立。诗社的宗旨是：发扬中华诗词的优良传统，探讨诗歌的创作道路，共建社会主义精神文明；以诗会友，陶冶情操，提高诗友的诗词鉴赏和写作能力，用诗歌探索科学与艺术相结合的境界。诗社社员以中科院京区各单位的诗词爱好者为主体，现有社员40余人。

诗社首任社长是孙克定先生（已故），随后依次是王绶琯院士（已故）、许国志院士（已故）、曾庆存院士、李邦河院士、严加安院士。现任社长是袁亚湘院士。

诗社定期将社员的诗作选编为《中关村诗苑活页诗选》，在社员间交流，并发送其他友邻诗社。最初该刊每两月一期，同时具有电子与纸质两种版本。近年由于手机微信的普及，从2017年起，诗社建立"微信群"，诗友每天都可在微信群里及时进行诗词交流，《中关村诗苑活页诗选》也改为一年四期，只发电子版。2015年至2018年诗社又在《中国科学报》的支持下，在该报"作品"栏目开辟了"中关村诗苑"子栏目，每两月一期，经过严格挑选，每期发表诗友6~8首诗词作品。诗社诗友经常在《中华诗词》《北京诗苑》等诗词刊物及《海淀文艺》《科苑春秋》等杂志发表诗词作品。还有很多诗友在积累了一定数量有相当水平的作品后，出版了个人诗词专集，据不完全统计，诗社社员正式出版的诗词集约有30余本。

中关村诗社也是中华诗词学会和北京诗词学会的团体会员。多年来诗社成员积极参加这些专业组织以及中科院老年文联组织的活动，参加国内各类诗词征稿比赛，多次获奖。主要有：郭曰方荣获"全球华语中国新诗百年·百位最具影响力诗人""红色诗歌终身成就奖""中国科普作家协会有突出成就的科普作家"等多个奖项，余德浩在2013年、2014年连续两年在北京端午诗词大赛中荣获一等奖（每年仅颁给一位诗人），严加安获得2018年全国"现代诗词大赛"最佳人气奖，李飞获2021年"桂林寻春诗会"金奖。在中科院文联成立28周年的总结表彰会上，郭曰方、曾庆存、严加安获得"中科院文联终身成就奖",任知恕、颜基义、余德浩获得"中科院文联突出贡献奖"。

中关村诗社（中科院诗词协会）

2022 年 6 月

郑重声明

高等教育出版社依法对本书享有专有出版权。任何未经许可的复制、销售行为均违反《中华人民共和国著作权法》，其行为人将承担相应的民事责任和行政责任；构成犯罪的，将被依法追究刑事责任。为了维护市场秩序，保护读者的合法权益，避免读者误用盗版书造成不良后果，我社将配合行政执法部门和司法机关对违法犯罪的单位和个人进行严厉打击。社会各界人士如发现上述侵权行为，希望及时举报，我社将奖励举报有功人员。

反盗版举报电话　（010）58581999　58582371
反盗版举报邮箱　dd@hep.com.cn
通信地址　　　　北京市西城区德外大街4号
　　　　　　　　高等教育出版社法律事务部
邮政编码　　　　100120

读者意见反馈

为收集对教材的意见建议，进一步完善教材编写并做好服务工作，读者可将对本教材的意见建议通过如下渠道反馈至我社。

咨询电话　　400-810-0598
反馈邮箱　　hepsci@pub.hep.cn
通信地址　　北京市朝阳区惠新东街4号富盛大厦1座
　　　　　　高等教育出版社理科事业部
邮政编码　　100029

图书在版编目（CIP）数据

吟颂科学人生：中关村诗社作品选 / 中关村诗社编. -- 北京：高等教育出版社，2022.10
ISBN 978-7-04-059473-7

Ⅰ.①吟… Ⅱ.①中… Ⅲ.①诗集-中国-当代 Ⅳ.① I227

中国版本图书馆 CIP 数据核字 (2022) 第 181168 号

YINSONG KEXUE RENSHENG:
ZHONGGUANCUN SHISHE ZUOPINXUAN

策划编辑	出版发行	高等教育出版社
李 茜	社 址	北京市西城区德外大街 4 号
	邮政编码	100120
责任编辑	购书热线	010-58581118
李 茜	咨询电话	400-810-0598
	网 址	http://www.hep.edu.cn
插图提供		http://www.hep.com.cn
赵 扬	网上订购	http://www.hepmall.com.cn
		http://www.hepmall.com
书籍设计		http://www.hepmall.cn
王凌波		
	印 刷	天津鑫丰华印务有限公司
责任校对	开 本	787mm×1092mm 1/16
胡美萍	印 张	18.25
	字 数	160千字
责任印制	版 次	2022 年 10 月第 1 版
赵 振	印 次	2022 年 10 月第 1 次印刷
	定 价	68.00元

本书如有缺页、倒页、脱页等质量问题，请到所购图书销售部门联系调换。

版权所有 侵权必究
物 料 号 59473-00